Julia Deck

Winterdreieck

Quart*buch*

JULIA DECK

Winterdreieck

Roman

Aus dem Französischen
von Antje Peter

Verlag Klaus Wagenbach Berlin

Wer einen Pfeiler verbirgt,
begeht einen Fehler.
Wer einen falschen
Pfeiler setzt,
begeht ein Verbrechen.

Auguste Perret
Zu einer Theorie der Architektur

Bérénice Beaurivage. Ich drehe ihn, ich wende ihn und finde nichts daran auszusetzen. Ja, dieser Name würde perfekt zu mir passen, denkt sie und dreht sich zum Fenster hin, das eine trist wirkende Straßenansicht einrahmt. Ein Rechteck, in dem sich, wenn man genau hinschaut, eine aus rundlichen Befestigungsteilen gefertigte Bordsteinkante abzeichnet, eine verlassene Straße, die mit dem gelblich gestrichenen Gebäude gegenüber ein Parallelogramm bildet. Dann betrachtet sie eingehend die Fußleiste.

– Mademoiselle, hören Sie auf, die Steckdose anzustarren.

Bérénice Beaurivage. Sie braucht nur diesen Namen auszusprechen, und schon weitet sich die Perspektive, schon dehnt sich der Horizont.

– Mademoiselle, machen Sie die Augen auf, man könnte meinen, Sie schlafen.

Ich werde diesen Namen annehmen. Ich werde ihn adoptieren, mir überstülpen, ihn von allen Seiten zeigen, in jeder Hinsicht die Frau werden, die man sich beim Klang seiner Silben vorstellt.

– Mademoiselle, ich rede mit Ihnen.

Eine leichte Verlegenheit macht sich breit. Schließlich habe ich diesen Namen nicht erfunden, er gehört einer anderen, jedenfalls zur Hälfte, wenn man so will. Mein Name ist in einem Film von Éric Rohmer von der Schauspielerin Arielle Dombasle besetzt, in der Rolle der Romanschriftstellerin Bérénice Beaurivage.

– Hören Sie, Mademoiselle, seit drei Monaten kommen Sie zu mir zum Einzelgespräch. Anfangs war ich noch ziemlich nachsichtig, das letzte Mal lief es beruflich ja nicht so gut bei Ihnen. Dann habe ich Annoncen für Sie zusammengesucht, Ausbildungsangebote, aber Sie haben wieder Schwierigkeiten gemacht. Sie müssen schon selbst einen Beitrag leisten, kreativ sein, vielseitig, denn ohne Abschluss und Qualifikationen werden Sie es kaum weit bringen.

Romanschriftstellerin. Eine verführerische Tätigkeit. Viel mehr als die angeblich so tollen Stellen, die die Arbeitsagentur immer anpreist.

– Nun gut, Mademoiselle, ich habe getan, was ich konnte. Da Sie nicht hören wollen, werde ich meinen Vorgesetzten rufen. Monsieur Geulincx, würden Sie bitte herkommen!

Ich habe sie gesehen, die Romanschriftstellerinnen, in den Illustrierten aus den Wartezimmern, auf den Seiten von *Madame Figaro*. Sie öffnen die Türen zu ihren Pariser Salons, posieren vor ihrem Schreibtisch, vor ihren Bücherwänden, in ihren Eckbadewannen, in denen sie herumplantschen, um sich Inspiration zu holen.

– Ja, Solange, was kann ich für Sie tun?

Romanschriftstellerinnen wissen nicht, was es heißt, im Morgengrauen aufstehen zu müssen, um dann in eines dieser abscheulichen öffentlichen Verkehrsmittel zu steigen. Sie stehen auf, wann sie wollen, sie tasten ihre langen Zigaretten ab, auf der Suche nach dem passenden Wort, dem passenden Satz, und dann übertragen sie das, was ihnen dabei in den Sinn gekommen ist, in hübsche, ledergebundene Schreibhefte.

– Es ist Mademoiselle, Monsieur Geulincx. Sie war schon letzte Woche hier.

– Ja, ich erinnere mich. Ein schwieriger Fall, noch dazu, weil sie keinerlei Motivation zeigt.

Also, das kann nicht so kompliziert sein, Romanschriftstellerin, wenn man so wie ich viele Berufe ausprobiert hat, die Kreativität verlangen und Vielseitigkeit.

– Genau, Monsieur Geulincx. Ich habe es mit allem versucht bei ihr, mit persönlicher Begleitung, Arbeitsgruppen, Eingliederungspraktika. Jetzt habe ich mich genügend bemüht.

Und jetzt habe ich genügend verschiedene Berufe probiert,

– Mademoiselle, Sie müssen sich wieder fangen, sonst sind wir gezwungen, Ihnen die Zahlungen zu kürzen, und dann bekommen Sie nur noch Sozialhilfe, und damit sind Sie dann auf dem besten Weg, unter der Brücke zu landen, Mademoiselle.

in Büros, in Geschäften, nur, damit ich mir immer wieder eine neue Haut überstreife.

– Da ist wirklich nichts zu machen. Aber sehen Sie, Solange, das Dümmste daran ist diese Geschichte mit der Belästigung.

– Exakt, Monsieur Geulincx. Seinen eigenen Abteilungschef mit einem Küchengerät bedrohen und dann auch noch erwarten, dass man noch mal einen Job in der Branche bekommt!

Es reicht, wenn ich ein paar Eigenschaften mit der Schauspielerin Arielle Dombasle gemeinsam habe,

– Sie haben Recht. Wenn ich mir ihre Akte ansehe, wäre es tatsächlich besser, wenn sie die Normandie verlassen würde.

in jeder Situation selbstbewusst auftreten, zierlich gebaut sein, dazu noch prächtige blonde Haare,

– Also, es ist hoffnungslos, schließen wir den Fall ab. Und Sie, Mademoiselle, Sie will ich in unseren Büros nicht mehr sehen, Sie sind unmöglich.

das hätten wir schon mal.

Le Havre

(Anfang Dezember)

Mademoiselle ist in ihre Wohnung zurückgekehrt, in der blauen, milden Luft der fünften Nachmittagsstunde. Sie ist die Bassins du Commerce, du Roi und de la Manche entlanggeschlendert und schließlich am Quai de Southampton angelangt, wo sie an einem großen Ensemble gegenüber dem Kreuzfahrtterminal Halt machte.

In die Flussmündung eingebettet wie eine Gabelzinke, empfängt die Pointe de Floride die Passagierschiffe auf ihrem Zwischenhalt. Ein Kreuzfahrtschiff legte gerade an, als die junge Frau die Arbeitsvermittlung mit ihrer Anwesenheit beehrte. Es ist ein moderner Kreuzer, dreihundert Meter lang, sechs Etagen hoch, über dem ruhigen Wasser. Viertausend Personen bewegen sich in diesem riesigen Koloss, doch die blanke Schiffswand lässt nichts erahnen von der Betriebsamkeit, die vollkommen abgeschnitten von der Stadt, jenseits des Kais, herrscht.

Wenn ein Passagierschiff untergeht, so hat sie in den Nachrichten gehört, ist die Scheidungsrate bei den überlebenden Ehepaaren im Schnitt deutlich höher als gewöhnlich. Der Reporter hatte dieses Phänomen damit erklärt, dass jeder Mensch die Neigung hat, über Leichen zu gehen, um die eigene Haut zu retten. Mademoiselle hat solche Probleme nicht – das ist die eine Seite der Medaille – und steigt allein die beiden Etagen zu ihrem Appartement hoch, in dem sie auch allein wohnt, ebenso abgeschnitten von Verbindungen zur Welt wie die Passagiere des Schiffes. Dieses versperrt ihr gerade die Sicht aus der Terrassentür, von wo sie nur eine Reihe von Bullaugen sieht.

Die Inneneinrichtung des Appartements – alles rechtwinklig, funktionale Ausstattung, Schränke im Hochformat – zeugt von dem Stil, der gerade angesagt war, als das Gebäude renoviert wurde. Auf dem Fußboden die Spuren einer jüngeren Katastrophe – aus der Mediathek entliehene Bücher, die aufgeschlagen, auf dem Bauch, herumliegen, Joghurtbecher, Verpackungen von Fertiggerichten, Küchenpapierrollen, Nagellack, Verbandswatte, Ohrstäbchen, es ist ekelhaft, scheißegal.

Eine spitz zulaufende Polsterbank. Mademoiselle schläft darauf, manchmal lässt sie sich nachmittags vom Schaukeln des Wassers und der Wolken wiegen. Sie täte indes besser daran, auf die Angebote der Arbeitsagentur zu antworten. Es wäre notwendig, schnell eine Arbeit zu finden. Die Schreiben, die sich Tag für Tag in ihrem Briefkasten stapeln, weisen sie darauf hin, nicht bezahlte Rechnungen, Mahnungen vom Finanzamt, Gläubiger, die nicht zögern werden, Maßnahmen zu ergreifen, wenn sie ihre Situation nicht regelt. Aber Mademoiselle öffnet ihre Post nicht mehr.

Sie beobachtet das Passagierschiff, das auf den Namen *Sirius* getauft ist, sieht die gigantischen Buchstaben, die auf den Bug gemalt sind (*Alpha Canis Majoris*, wird der Inspektor sagen). Der Rumpf reflektiert die letzten rosafarbenen und gelben Strahlen, bevor in einer Kabine nach der anderen das Licht angeht und die Passagiere sich fertig machen, um in einem der acht Bordrestaurants zu speisen, an der Bar herumzusitzen oder beim Roulette mindestens drei durchschnittliche Monatsgehälter zu verspielen.

Dutzende von Passagierschiffen legen vor ihren Fenstern an. Zwei oder drei pro Woche, manchmal sind es dieselben, denn es gibt weder endlos viele Züge an Land noch Flugzeuge im Himmel und eben auch nicht endlos viele Schiffe auf dem Meer. Sie kommen und gehen, bleiben eine Weile und nehmen dann ihre Fahrt wieder auf. Das hier ist vielleicht vor ein paar Tagen gekommen, oder auch Monaten, und es legt vor ihren Augen eine Ruhepause ein.

Als ob ihr diese Vorstellung missfallen würde, zieht sie die Vorhänge zu, die ihr mit einem metallenen Rasseln sofort die Sicht nehmen, dann geht sie in die Kochnische, füllt den elektrischen Wasserkocher und drückt auf den Knopf am Henkel. Sie sucht in den Einbauschränken nach etwas Essbarem, findet eine Packung Madeleines der Marke *Saint-Michel*, »nach dem Originalrezept mit extrafrischen Eiern«. Schau an, ich kann mich gar nicht erinnern, die gekauft zu haben, mein Gedächtnis ist aber auch wirklich das reinste Sieb. Kaum beginnt das Gerät zu beben, bringt sie den Schalter in die Off-Stellung zurück, schüttet das Wasser in die Teekanne und wirft eine Handvoll getrockneter Kräuter hinein. Ohne den Sekundenzeiger der Wanduhr aus den Augen zu lassen, sieht sie in Richtung Küchenfenster. Aus diesem Blickwinkel ist das Passagierschiff von der Rückseite zu sehen, die abgeflacht ist, um möglichst viele Bullaugen unterzubringen und das Schiff dadurch rentabler zu machen. Einige Passagiere sind auf den Decks unterwegs und schnappen frische Luft. Zerstreut verfolgt sie ihre Bewegungen, während sie das Gebräu ziehen lässt, dann setzt sie sich wieder auf die Bank, die Tasse in der rechten Hand, eine Madeleine in der linken.

Zuerst der Tee oder zuerst die Madeleine? Ihre Geschmacksknospen anfeuchten, um die Weichheit des Kuchens noch zu steigern, oder in den bauchigen, angenehm gelblich-orange schimmernden Teig hineinbeißen? Das scheint nicht wichtig, dennoch ist es eine heikle Sache, oft hängt von solchen Entscheidungen die Zukunft ab. Erst von der Madeleine probieren. Ja, so herum ist es besser. Sie stellt die Tasse hin, öffnet den Mund und hält inne. Nein, lieber den Kuchen eintunken. Sie nimmt wieder ihren Tee, beginnt den Kuchen einzutauchen. Dann ist sie erneut unschlüssig. Sie wendet sich abwechselnd der Tasse und der Madeleine zu und setzt dabei einen stechenden Blick auf. Diese aber lassen sich nicht beeindrucken, und aus Trotz gießt sie den Inhalt ihrer Tasse in einen kleinen Blumentopf mit einer Palme und schlingt eine Madeleine nach der anderen hinunter.

Krümel regnen auf ihre Jogginghose, zwischen ihre Füße, wo Müll herumliegt, Knöpfe, Muttern, Korken, blaue Bic-Kugelschreiber ohne Hülle.

Bérénice Beaurivage.

Sie wühlt in ihrem Krempel herum, gräbt ein Heft aus, das mit Strasssternen verziert ist. Zarte bläuliche Linien warten darauf, ihre Schrift über die Seiten zu schieben. Vorsichtshalber schlägt sie es auf der dritten Seite auf, weil sie glaubt, dass es besser ist, nicht von vorn zu beginnen.

Danach bleibt ihr noch zu tun, dauernd auf dem Kugelschreiber herumkauen, an die Decke starren, eine Idee entwickeln und aufschreiben, noch bevor sie merkt, dass die zu dämlich ist. Drei Wörter durchstreichen, von vorn anfangen. Noch einen Tee machen, wieder an dem Passagierschiff vorbeigehen, das ihr noch immer die Sicht verdunkelt, ihren Geist von parasitären Gedanken befreien, drei neue Wörter hinschreiben und sich sagen Das Wichtigste ist doch, dass ich vorankomme, korrigieren kann ich später. Die paar Wörter lesen, sie energisch wieder durchstreichen, die Seite reißt auseinander.

Das nervt mich, beschließt sie und klappt das strassbesetzte Heft zu. Sie verschlingt eine letzte Madeleine und geht zum Fenster, um die Decks auf dem Passagierschiff zu zählen (elf), die Bullaugen pro Deck (fünfundfünfzig), multipliziert beides miteinander, was sechshundertfünf ergibt – es sind also mindestens sechshundertfünf Kabinen auf diesem schwimmenden Kaninchenstall für Touristen.

Rechnen beruhigt. Es wirkt derart beruhigend, dass sie ihr Talent ausgebaut hat. Das war einer der Gründe, weshalb sie im Mai bei Darty angestellt wurde, der andere war, dass sie dem Filialleiter ausnehmend gut gefiel. Dieser hatte nach einem fünfzehnminütigen Vorstellungsgespräch, in dem er selbst pausenlos sprach, während sie sich hütete, ihn zu unterbrechen, erklärt, dass die blonde junge Frau genau auf die Stelle passen würde. Sie hatte nur gesagt, dass das mit den Warenlagern kein Problem sei, zählen könne sie schon. Und zwei Monate lang war auch alles nahezu reibungslos verlaufen. Sie kam fast pünktlich zum Dienst, verkaufte nur etwas weniger Schnellkochtöpfe und Küchenmaschinen, als das Plansoll vorsah, aber das Warensortiment war in tadellosem Zustand, und der Chef hatte erklärt, dass dieser netten Person eine Zukunft bevorstand, man müsse ihr nur Zeit lassen, sich die Grundlagen des Einzelhandels und den allgemeinen Umgang mit dem Kunden anzueignen.

Sie bewältigte also erfolgreich die Probezeit, dann stellte sich die Frage nach dem Urlaub. Der Sommer rückte näher, die Luft wurde milder, und sie wollte ihre Tage nicht komplett im Neonlicht des Geschäfts zubringen, sie hatte Lust, nachmittags das Meer zu sehen. Doch als sie dem Abteilungsleiter ihre Pläne eröffnete, hatte Monsieur Baridou Nein gesagt. Nein, Mademoiselle, es ist ausgeschlossen, dass Sie im Sommer Urlaub nehmen, da sind

Schulferien, und Sie haben keine Kinder, jedenfalls haben mir Madame Bloquet und Monsieur Piton, die beide welche haben, bereits ihre Daten mitgeteilt, es ist also zu spät, Sie fahren im November weg wie alle anderen unverheirateten Mitarbeiter auch.

Nun hatte Mademoiselle soeben einer beleibten Kundin, die nach einem Handrührgerät suchte, es aber am Ende doch nicht kaufte, ein solches vorgeführt. Sie hatte also dieses Gerät noch in der Hand und es sogleich drohend gegen den Abteilungsleiter erhoben. Sie hatte es auf die höchste Umdrehungszahl eingestellt und geschrien Sind Sie sicher, Monsieur Baridou? Sind Sie sicher, dass ich nicht im Sommer verreisen kann? Dann war sie noch näher an ihn herangerückt und hatte hinzugefügt Denn ich bin mir ganz sicher, dass ich meinen Sommerurlaub nehmen werde, und der Beweis dafür ist, dass Sie blass werden, ja, Monsieur Baridou, Sie kommen langsam zur Vernunft, Sie erinnern sich, dass hier jeder die gleichen Rechte hat und so weiter, und ich werde meinen Urlaub nehmen, wann ich will, verdammt nochmal.

Die Situation begann sich zuzuspitzen. Durch das Surren des Geräts in Mademoiselles ausgestreckter Hand aufmerksam geworden, waren die Verkäuferinnen der Kosmetikabteilung herbeigeeilt, um zu sehen, was da los war. Sylvie und Mathilde mochten Monsieur Baridou nicht sonderlich, beide hatten sie schon unter ihm gearbeitet, bevor sie der Abteilung für Damenaccessoires zugeteilt wurden. Erstere, die gerade ein Epiliergerät in Händen hielt, hatte sich Letzterer angeschlossen und drohte nun ihrerseits, die Tonsur des Abteilungschefs, der gegen einen Verkaufsständer gedrängt dastand, zu bearbeiten. Erst durch das Eingreifen der Verkäufer aus der Hi-Fi-Abteilung und der Muskelpakete des Servicepersonals konnte dem Durcheinander ein Ende gesetzt werden.

Monsieur Baridou hatte nicht gezögert, Anzeige zu erstatten. Als jedoch in der Lokalzeitung am nächsten Tag von »Panik in der Küchenabteilung« die Rede war, hatte er unter dem Vorwand, es sei ja nur ein Kratzer gewesen, davon abgesehen, weitere gerichtliche Schritte einzuleiten, um nicht nochmals so unvorteilhaft in der Presse zu erscheinen. Mademoiselle wurde entlassen, Sylvie kam mit einer Suspendierung davon, Mathilde erhielt eine Verwarnung. Alle drei gingen mit Bedauern auseinander, nachdem sie im *Victoria* ein paar Cocktails getrunken hatten.

Mademoiselle mochte ihre beiden Kolleginnen gern. Doch diese, die trotz ihres jungen Alters mit Ehemännern und Kindern ausgerüstet waren, über die sie sich unentwegt beklagten, hatten ein offensichtliches Vergnügen daran, über eine Menge Schwiegermütter, Schwager, Geburtstage und unmögliche religiöse Zeremonien zu reden. Worauf Mademoiselle nie etwas zu erwidern wusste, und so war sie, sobald es nicht mehr um Darty ging, der Gespräche mit den beiden schnell überdrüssig geworden.

Sie hätte sich eine Arbeit beschaffen können. Doch sie war nicht bei der Sache. Sie fing an, regelmäßig die Mediathek aufzusuchen und in Kinos zu gehen, die für Leute in ihrer Situation reduzierte Eintrittspreise anboten. Im Laufe der Monate, die Stunden zogen sich immer mehr in die Länge, entwickelte sie eine sprunghafte Impulsivität und ließ sich in ihren Handlungen nur noch von Lust oder Abscheu leiten.

Das ging so weit, dass sie eben noch wie wild gegen die Wand geschlagen hatte und auf einmal Lust bekam, frische Luft zu schnappen. Sie schlüpfte in ihre Turnschuhe mit Klettverschluss, ihren silberfarbenen Anorak mit dem Futter aus Kunstfell und rannte die Treppen hinunter.

Am Quai de Southampton war keine Menschenseele zu sehen und erst recht kein Baum, da der für den Wiederaufbau der Gegend zuständige Architekt der Ansicht gewesen war, das Grün würde den Blick des Betrachters nur von seinen Gebäuden aus Sichtbeton ablenken. In der Tat vermitteln die viereckigen Bauten einen angenehm harmonischen Eindruck, was vor allem dem Spiel verschieden hoher vertikaler und horizontaler Elemente – kleine Flächen, Säulen, Balkone, Terrassen – geschuldet ist, die zu einer sanften Gestaltung der Fassaden beitragen.

An der ersten Kreuzung biegt sie in die Rue de Paris ein, die so benannt ist, weil sie nach dem Vorbild der Rue de Rivoli gebaut wurde. Es gibt freilich Unterschiede. Die überdachten Galerien ruhen auf hässlichen Pfeilern und sind deshalb nicht mit eleganten Arkaden zu verwechseln, und anstelle der Luxusboutiquen beherbergen sie Agenturen für Zeitarbeit, Autovermietungen und eine auf Schädlingsbekämpfungsmittel – gegen Mücken, Motten, Schaben, Termiten, Ratten, Mäuse, Fledermäuse – spezialisierte Drogerie.

Da auf der Straße nicht mehr Autos unterwegs sind als Menschen auf dem Gehweg, schreitet sie die weiße Mittellinie entlang, wobei sie darauf achtet, jeden Schritt auf den Strich zu setzen. Die Querstraßen zur Rue de Paris bilden mit dieser zusammen ein regelmäßiges, rechtwinkliges Raster, wie es typisch ist für Städte, die auf dem freien Feld errichtet wurden. Kein Einödhof, der zum Weiler wurde und dann ein Dorf und schließlich eine Stadt bildete, sondern ein Komplex, den man auf nacktem, flachem Grund, in eine Wüste oder nach dem vollständigen Abriss des vorherigen hochgezogen hat. Nach einem Bombenangriff zum Beispiel.

Keine Spur mehr von der Architektur, die hier einst errichtet wurde und sich miteinander verwob, bevor die Alliierten kamen.

Die neuen Straßen bleiben unter sich, denn nach dem großen Wiederaufbau in der Nachkriegszeit sind die Menschen nicht mehr zurückgekehrt. Jahre gingen ins Land, und die Einwohner zogen an den Stadtrand, in die Viertel, die zur Hälfte nur aus Kreisverkehren und Einkaufszentren bestehen. Sie gelangt zum Mahnmal für die Gefallenen, ohne dass sie auch nur ein Gesicht gesehen hat.

Den Platz vor dem Mahnmal zieren zwei merkwürdige weiße Gebilde. Oben flach, werden sie nach unten hin breiter, wodurch sie aussehen wie die Kühlreaktoren eines Atomkraftwerks oder einfach nur wie zwei ausgebeulte Joghurtbecher (parahyperbolisch, wird der Inspektor sagen). Da sie nach ihrer Rechnung noch genug Geld übrig hat, um sich ein Omelett zu leisten, geht Mademoiselle an den Joghurtbechern vorbei und schaut sich um.

In den Vitrinen der Restaurants knabbern die Leute an ihren Vorspeisen, ohne ihr Gespräch zu unterbrechen. Sie hatte nicht bedacht, dass Freitagabend ist. Jeder speist mit seinen Freunden oder seiner besseren Hälfte, es ist deprimierend, umso mehr, als sie hinten in einem der Räume Monsieur Baridou in Begleitung seiner Frau entdeckt – ein weiterer Nachteil mittelgroßer Städte: Kaum trifft man auf eine bekannte Person, ist es jemand, dem man lieber nicht begegnet wäre. Sie verzichtet auf ihr Omelett und geht in Richtung Bassin du Commerce, an dem sie etwa dreihundert Meter entlangläuft, um dann nach rechts abzubiegen.

Dieser Teil der Stadt wirkt mit seinen gedrungenen Häusern wie eine trapezförmige Insel, die auf jeder Seite von einer Wasserfläche begrenzt wird. Mademoiselle geht an der Fischhalle vorbei, dem Restaurant *Punjab*, der Crêpe- und Salatbar *La Paimpolaise* und macht vor dem *Home* halt. Ein Publikum zwischen zwanzig und dreißig bestellt hier raffinierte Drinks in einer entspannten Lounge-Bar-Atmosphäre. Man kennt diese Art von Räumlichkeiten: Beleuchtung gibt es praktisch keine, trotz einiger in den Ecken verstreuter Neonlichter, dafür verbotene Preise und eine Bedienung von abschreckender Lässigkeit. Mademoiselle hatte hier angefragt, als sie in die Stadt kam. Der Geschäftsführer hatte Nein danke gesagt und dabei einen bedeutungsschweren Blick in Richtung Bardame geworfen, einer mit bunten Tattoos übersäten Liane, die zehn Jahre jünger war als Mademoiselle. Diese hatte die Botschaft verstanden und war – zack – wieder bei der Zeitarbeitsfirma gelandet.

Sie drückt die Tür zur Lounge Bar auf. Weicht den großen Tischrunden aus, bei denen jeder meint, überdeutlich zeigen zu müssen, wie viel Spaß er am Leben hat, dann macht sie einen Eckplatz ausfindig und lässt sich in den weichen Sitz fallen. Der billigste Cocktail auf der Karte kostet acht Euro.

Ich würde einen *Schwarzen Russen* nehmen, erklärt sie der männlichen Bedienung in einem T-Shirt, das sich wie Gummi um den Oberkörper spannt, und Boxershorts, die fast vollständig aus der Jeans hervorlugen.

Einen was?, entgegnet der junge Typ, der absichtlich woandershin sieht.

So einen, erklärt sie und tippt auf eine Zeile in der Cocktailkarte.

Einen *Black Russian*, sagt er betont, während er seinen Blick in den Kunstpelz am Saum des Anoraks von Mademoiselle bohrt, die ihre Kapuze anbehalten hat.

Wie Sie meinen.

Dann dreht er ihr den Rücken zu, und sie liest sich noch einmal die einzelnen Bezeichnungen auf der Getränkekarte durch, damit sie beschäftigt wirkt. Der *Black Russian* setzt sich, wie sie gerade gelernt hat, aus Wodka, Kaffee und Coca-Cola zusammen. Ein Wachmacher also, hoffentlich. Der anregt, der einen ordentlich durchschüttelt und auf den richtigen Weg zurückbringt, denn sonst heißt es ab aufs Abstellgleis, ja, Mademoiselle, die haben dir das gerade ziemlich deutlich gemacht in der Arbeitsvermittlung. Sie klappt die Karte zu, versenkt sich in die Betrachtung ihrer Knie, um zu zeigen, dass es ihr völlig egal ist, wenn sie an einem Freitagabend allein in dieser Lounge Bar herumhängt.

Kaum dass sich eine Person an den anderen Tischen entfernt, wird sofort das Handy herausgeholt – in der Hoffnung auf eine interessantere Unterhaltung oder einfach, um die entstandene Leere auszufüllen. Mademoiselle hat nicht die Mittel, um sich einen solchen mobilen Service zu leisten. Sie sieht in Richtung Fenster, einem blickdichten Rahmen, in dem sich die Gäste spiegeln – Studenten in Gruppen, aber vor allem Paare, die ganz klassisch aus einem Mann und einer Frau bestehen. An der Bar warten drei Anzugtypen darauf, bedient zu werden. Einer von ihnen wirkt in einem fast altmodischen Dunkelblau wie ein Vertreter auf Durchreise.

Dann ist ihr Glas leer. Nach ein paar Minuten, in denen sie vergeblich gestikulierend versucht hat, die Aufmerksamkeit der Bedienung wieder auf sich zu lenken, durchquert sie den Raum, um ihn anzusprechen. Ich möchte noch einen *Schwarzen Russen*, dabei hüpft sie um den Kellner herum, der sich Mühe gibt, ihr konsequent den Rücken zuzudrehen. Ich bringe ihn, lässt er sich mit extremer Coolness herab, wofür er dann allerdings eine geschlagene Viertelstunde braucht.

Das Glas beschäftigt sie eine Weile. Sie umfasst es mit ihren Händen, studiert den Widerschein der Neonlichter in der

Flüssigkeit, führt es an ihre Lippen, betrachtet dann von Neuem das Glas, den Raum, den Raum im Fenster, dann das Glas im Fenster, das Fenster im Glas, den Raum im Glas des Glases, den Raum das Fenster das Glas das Fenster den Raum das Glas, das muss die Wirkung des Cocktails sein, der Blick wird ganz automatisch immer unruhiger.

Die Augen schließen sich. Die Finger erwachen. Tippen auf der Tischkante herum, Daumen, Zeigefinger, Mittelfinger, Ringfinger, kleiner Finger und umgekehrt, mit links, mit rechts, dann beide gleichzeitig.

Geben Sie den Takt an?

(Eine männliche Stimme links.)

Dabei ist die Musik ziemlich leise.

(Sich vorsichtig nach dem Eindringling umsehen.)

Sie ist kaum zu hören.

(Meeresbräune, kantige Kiefer, elastische und gerade Haltung. Ausgeprägt sportliche Erscheinung.)

Das ist schade, ich hätte gern getanzt.

(Aber wo kommt der plötzlich her, ich habe sie doch alle im Fenster gesehen.)

Mit Ihnen natürlich.

(Der Handelsreisende.)

Sie hätten Ihre Kapuze abgesetzt, Ihren Anorak ausgezogen.

(Ja, er ist es.)

Und wir hätten,

(Er hat sich geschickt im Schatten des Neonlichts verborgen.)

wir hätten

(Er hat sich von einem toten Winkel aus genähert.)

bis zum Morgengrauen getanzt.

(Die *Schwarzen Russen* sind schuld, sie trüben mir den Blick.)

Dann wäre ich wieder an Bord der *Sirius* gegangen und weitergefahren.

(Die Kapuze absetzen.)

Sie werden es bemerkt haben, wir haben an der Pointe de Floride angelegt.

(Nachdenken.)

Ich bin Steward, ich heiße Steven.

(Intensiver nachdenken, sich stark konzentrieren.)

Und Sie sind.

Ich bin.

Sie sind.

Ich bin Bérénice. Bérénice Beaurivage, ja, so heiße ich. Und da es ihr auf einmal zu heiß wird in der Lounge Bar, macht sie ihren Anorak auf.

Die junge Frau begnügt sich damit, auf das einzugehen, was ihr der Steward vorgibt, der sich offensichtlich gern reden hört. Geschickt manövriert er sich durch die Situation, wobei er neben den üblichen Banalitäten hier und da Schmeicheleien und strategische Informationen einfließen lässt. So erfährt sie, dass er Besitzer eines Appartements in der Stadt ist – mein Heimathafen, wenn man so will –, noch dazu im Luxusviertel an der Segleranlegestelle.

Ich habe Ihr Schiff schon mal woanders gesehen, unterbricht ihn Bérénice.

Das ist unmöglich, meine Liebe. Das ist unsere Jungfernfahrt, *Sirius* wurde uns letzten Monat erst aus der Werft in Saint-Nazaire geliefert.

Ich weiß, was ich sage, ich habe es schon mal gesehen, entgegnet sie und lehnt sich gegen den Tisch, sodass die schönen Formen ihrer festen Brüste hervortreten.

Ein Zwillingsschiff, Bérénice. Sie müssen seinen Doppelgänger gesehen haben, also weder genau dasselbe noch ein komplett anderes.

Kein anderes, dasselbe, ich bin sicher.

Dann müssen Sie in Saint-Nazaire gewesen sein.

Ich weiß nicht mehr.

Sirius, erklärt der Steward, ist einer der Sterne aus dem Winterdreieck, das, von uns aus gesehen, fast gleichseitig wirkt. Weiter sagt er Manche Leute lesen in den Sternen, ich lese in der Hand, und unter diesem Vorwand ergreift er die Hände der jungen Frau.

Ihre Unterarme bilden Arabesken, bewegen sich in Schlangenlinien zu dem undeutlichen, langsamen Rhythmus der Hintergrundmusik, einem Teppich aus unbestimmten Basstönen. Spiralen, die sich zu den Handgelenken ausstrecken, bis zu den Fingerspitzen. Es geschieht ganz von selbst, die Hände fließen ineinander, halten die Wärme fest, über ihnen unverständliches Gemurmel, keiner bemüht sich, ihm irgendeinen Sinn zu verleihen. Vielleicht sind es nicht einmal Worte, sondern nur Silben, die ihre Lippen in Bewegung halten sollen und erst nur die Spitzen, dann aber die Zähne ganz entblößen, denn sie lachen viel in ihrem intimen Zwiegespräch, das offensichtlich inhaltslos ist, und sie verstehen sich bestens, so gut sogar, dass der Steward am Ende die Rechnung übernimmt, die bei all den Cocktails immer länger geworden ist. Er legt einen großen Schein auf den Tisch. Jetzt gehen wir, erklärt er und nimmt Bérénice beim Arm, die gerade noch ihren Anorak zu fassen bekommt.

Es ist seltsam mit der Haut des anderen, wenn sie wieder zu dieser anderen Haut des anderen geworden ist, der ausgestreckt im Schatten neben einem liegt, und wenn die Wirkung der *Schwarzen Russen* nachlässt. Etwas klebrig auch, wenn man versucht, sich zu lösen. Bestimmt liegt sie schon seit 4 Uhr morgens da und wartet, den Blick zur Decke gerichtet, um den Schlaf des Stewards nicht zu stören. Nein, der elektronische Wecker auf dem Nachttisch zeigt 2:36 Uhr. Ein grüner Lichtkegel fällt in das in Unordnung geratene Zimmer. Ich könnte abhauen. In meine Sachen schlüpfen, mich lautlos aus dieser Wohnanlage am Quai François-Ier schleichen und in Richtung Leuchtturm gehen. In fünf Minuten wäre ich bei mir. Aber was heißt schon »bei mir«. Bald werden sich die Gerichtsvollzieher auf den Weg machen und alles, was ich habe, mitnehmen. Vielleicht kann ich dem entkommen. In eine andere Stadt am Meer gehen, von vorn anfangen, das müsste ich tun. Es ist 3:14 Uhr.

Ich könnte bleiben, frühstücken, Guten Morgen Monsieur, Guten Morgen Mademoiselle, wie geht es Ihnen heute, und es hat mich gefreut, Ihre Bekanntschaft zu machen, ah, Sie verreisen, sehr gut, sehr gut. Ich könnte ich könnte ich könnte.

Durch das große Glasfenster kann sie die schützenden Arme des Deichs erkennen, hinter dem die Segelyachten liegen, eingehüllt in das Plätschern des dunklen Wassers. Ihr Blick folgt den Linien des Landungsstegs, an dem die Zodiacs und Segelboote liegen, schaut auf das Gitterwerk der Takelage. In der Ferne glitzernde Schatten, Containerschiffe, Erzfrachter, Fähren, schwarze Formen auf schwarzem Grund, die sich dem Hafeneingang nähern. Der Horizont hellt sich langsam auf, sie kann die Wolkenumrisse erkennen, die Silhouetten der Schiffe, die immer deutlicher werden, als ob sie näher kämen, bis sie ihren Namen lesen kann.

Sie steigt auf Zehenspitzen aus dem Bett, nimmt ihre Sachen, eine zusammengerollte Socke, verfangen in den Teppichfransen, ihr Sweatshirt unter einem Sessel, ein Trapez aus Spitze auf der Frühstücksbar. Sie lehnt sich gegen das Möbelstück und schlüpft in die andere Socke, wobei sie flüchtig die Jacke des Stewards berührt, die dieser über eine Stuhllehne gehängt hat. Sie schließt die Augen und greift in die Innentasche, wo sie das Portemonnaie zu fassen bekommt, ein Etui aus weichem, gut verarbeitetem Leder – sie hatte es schon bemerkt, als er am Abend zuvor die Rechnung beglich. Mit fest zugekniffenen Augenlidern durchsucht sie das große Innenfach, vernimmt das süße Knistern der Banknoten. Dann hält sie sie vor ihre weit geöffneten Augen: Dreihundert, das ist gut.

Saint-Nazaire

(Dezember)

Von Le Havre nach Saint-Nazaire sind es dreihundert Kilometer Luftlinie und fünfundzwanzig Zentimeter auf einer Landkarte im Maßstab von eins zu elfhunderttausend. Man muss über Paris reisen. Ja, das muss sein, es zwingt Sie zwar zu einem Umweg von zweihundertfünfzig Kilometern, aber es gibt keinen anderen Weg mit der Bahn, und die einfache Fahrt kostet hundertacht Euro und achtzig Cent, nein, es gibt kein günstigeres Ticket, oder Sie müssen es weit im Voraus kaufen, ein Prem's- oder Freizeitticket erwerben oder ein Wochenendticket, mit dem man bis zu fünfzig Prozent Ermäßigung auf den Reisepreis erhält, ich gebe Ihnen das Faltblatt mit. Sie müssen nicht gleich unfreundlich werden, nur weil Sie es nicht wollen, ich mache hier auch nur meine Arbeit, Mademoiselle.

Es ist 9:37 Uhr an diesem Bahnhof am Meer, am Ende der Welt, zwangsläufig Endstation. Mächtige Hydraulikpuffer stellen sich am Ende der Gleise den einfahrenden Lokomotiven entgegen, sie bringen die Züge zwischen den Hafenanlagen im Süden und den Jahrmarktskarussellen im Norden zum Stillstand und heben sich wie lahmgelegte graue Mundwerkzeuge gegen den verschwommenen Himmel ab. Sie überlegt, ob sie den auf der Anzeigetafel angekündigten Zug um 9:59 Uhr nach Paris nehmen soll, während sie ihr Handgepäck mit ausgestrecktem Arm hin und her schwenkt. Nach einem kurzen Einkaufsbummel am Quai de Southampton besteht dieses aus einer Wechselhose, ein paar T-Shirts, Socken, Unterhosen und einer Plastiktüte mit Kosmetikartikeln (Haar- und Zahnbürste, Zahnpasta, Feuchtigkeitscreme für alle Hauttypen).

Eine metallene Frauenstimme kündigt die Abfahrt des Zuges an, abrupt wendet sie sich dem Schalter zu, um eine Fahrkarte zu kaufen. Der Bahnangestellte, der sie sofort wiedererkennt an den üppigen blonden Haaren, die aus der Kapuze hervordrängen, sieht keinen Grund, warum er sich bei einer derart unverschämten Kundin besonders beeilen sollte. Daher lässt er sich Zeit, um den Zielort einzugeben, dann druckt er das Ticket mit einer Sorgfalt aus, die für gewöhnlich beim Umgang mit chirurgischen Instrumenten oder tödlichen Waffen an den Tag gelegt wird, zählt in aller Seelenruhe das Geld, das ihm Mademoiselle gegeben hat, die auf der anderen Schalterseite ungeduldig von einem Fuß auf den anderen tritt. Schließlich reißt sie das Ticket an sich und rennt in Richtung Bahnhofshalle. Die Waggontür klappt zu, kaum dass sie das Trittbrett erklommen hat.

Es ist ein Abteilzug. Sie sucht sich eine stille Ecke gegenüber einem jungen Mädchen, das von den visuellen Reizen auf ihrem Bildschirm und den akustischen aus ihren Kopfhörern gleich doppelt in Anspruch genommen ist, und betrachtet die immer gleichen Industriegebiete, die jeden Zug begleiten, der eine Stadt verlässt. Dann geht die Szenerie in Grün über, das hier und da vom Verlauf einer Straße oder ein paar Kühen durchsetzt ist. Je mehr sie sich dem Anblick der Landschaft überlässt, desto stärker gehen ihre Gedanken in Richtung Zukunft, die aus diesem Blickwinkel nichts Erschreckendes, keine Unebenheiten mehr hat, sondern in der, dank der Nichtstofflichkeit der auf diese Weise im Zug entstehenden Welten, alles möglich scheint. Sie entwirft und sie vergisst, ihr Gedächtnis wird auf null zurückgestellt.

Der Zug fährt kurz nach Mittag in die glasüberdachte Bahnhofshalle von Saint-Lazare ein. Mademoiselle nimmt ihr Gepäck, folgt den anderen Passagieren durch die Wartehalle und nimmt die Rolltreppe, die sie in die Tiefen des Bahnhofs hinabsaugt. Sie findet sich inmitten des gefliesten Polygons wieder, von wo die Metro-Linien abfahren. Den Zug nach Paris nicht zu verpassen war das eine, aber nun muss sie von Saint-Lazare bis Montparnasse kommen. Die Reisenden, die sich hinter ihr angesammelt haben, machen Verrenkungen, um ihre Route auf dem Metro-Plan zu überprüfen, und räuspern sich etliche Male, bis sie ein wenig zur Seite geht. Kann ich Ihnen behilflich sein?, fragt eine gereizte Stimme in ihrem Rücken. Ich möchte bis Montparnasse. Nichts leichter als das, antwortet der Mann ungehalten, Sie nehmen die 13, die fährt direkt dorthin. Die 13, die hellblaue Linie, präzisiert er, als er bemerkt, dass die Zahl bei der jungen Frau keinerlei Reaktion auslöst. Und tatsächlich bringt sie die Linie 13 in weniger als einer Viertelstunde zur Gare Montparnasse, wo es nicht allzu schwer ist, den Schildern mit der Aufschrift Fernverkehr zu den – dieses Mal aufsteigenden – Rolltreppen zu folgen, die zu den Zügen Richtung Osten führen.

Quer zu den Gleisen erstreckt sich eine Reihe von Geschäften, und ihretwegen wurden entsprechend Bänke aufgestellt, die aus je acht parallel zum Boden verlaufenden Latten bestehen. Sie sichert sich einen Platz zwischen zwei Damen auf einer solchen Bank, holt die Fahrkarte aus ihrer Tasche und stellt fest, dass sie mehr als zwei Stunden Zeit hat, bis ihr TGV abfährt. Weil sie sogleich anfängt sich zu langweilen, überfliegt sie die Titelseiten am Zeitungskiosk – Prinzessinnen in Tränen aufgelöst, Sänger verwirrt, Politiker, die man an ihrem falschen Lächeln erkennt – und stürzt sich dann, da die Bewegungslosigkeit ihre Zehen gefrieren lässt, in die Ladenzeile.

Hinter Kaugummi- und Kekspackungen verbirgt sich eine magere Literaturabteilung. Sie streichelt die Buchrücken mit den Fingerspitzen, wobei sie aus Prinzip Krimis und Liebesschnulzen auslässt und stattdessen einige Klassiker anvisiert, die aufgrund des aktuellen Schullehrplans wieder in Mode gekommen sind. Daneben, ganz ungeordnet, Geschichten von Prinzessinnen und Herzoginnen, Pfarrern, Arbeitern, Elenden – und auch die einer Bérénice.

Wirklich ein hübscher Vorname, Bérénice. Sie zieht das Buch heraus und entdeckt auf der Rückseite eine Zusammenfassung des Stücks von Jean Racine. Eine Frau zwischen zwei Männern, von denen derjenige, den sie bevorzugt, seinerseits der Macht den Vorrang gibt. Sieh einer an, diese Art von Problemen kann mir nichts anhaben. Auf dem Umschlag ist das Porträt einer Frau mit langem, nach venezianischer Art frisiertem Haar zu sehen, tief versunken in die Betrachtung irgendeines Gegenstands. Mademoiselle begibt sich zur Kasse, in der Warteschlange zählt sie ihre Münzen, ist es überhaupt der passende Moment für eine so überflüssige Ausgabe, ich glaube nicht. Dann ist sie an der Reihe, sie hält *Bérénice* hin, bis der Kassierer das Buch über den Magnetstreifen zieht, schickt sich an zu bezahlen, doch dann ändert sie ihre Meinung. Nein, ich nehme es doch nicht. Und dann schnell zum Ausgang.

Kurz darauf wird ihr klar, dass sie es doch gern hätte. Sie schleicht im Halbkreis durch den Laden zur Kasse, wo sie so tut, als interessiere sie sich für die Informatik-Zeitschriften, die an der Theke ausliegen, bemerkt *Bérénice*, entmagnetisiert auf der Ablage. Sobald der Kassierer ihr den Rücken zudreht, schnappt sie sich das Buch und steckt es in die Tasche ihres Anoraks, und hopp, drei Sekunden später, ist sie draußen. Ihr Zug wird exakt sechzehn Minuten vor der Abfahrt angekündigt.

Saint-Nazaire ist nicht wie Paris oder wie die bekannten Seebäder am monumentalen Baustil zu erkennen, der den Ruhm der Stadt vor Augen führen soll. Saint-Nazaire besitzt eine bescheidene Infrastruktur, die in den fünfziger Jahren hochgezogen wurde, um jene zu ersetzen, die bis zum Zweiten Weltkrieg die Reisenden mit dem Fernziel Mexiko zu den Passagierschiffen befördert hatte. Saint-Nazaire überlebt heute durch die Restbestände der Schiffswerften und der Flugzeugfabrik, die es einst hier gegeben hat. Glaubt man den Berichten im Fernsehen, ist es eine dem Untergang geweihte Stadt, die bloß von Hafenarbeitern, Zeitarbeitskräften und Rentnern bevölkert ist, eine von Kränen und Gerüsten durchfurchte Landschaft, wo allein das Kreischen der Möwen und der durch die Fischerhütten heulende Wind gegen das Dröhnen der Maschinen ankämpfen.

Als Mademoiselle in die düster umschattete Avenue Richtung Zentrum einbiegt, bietet sich ihr ein deprimierender Anblick. Zunächst sieht sie ein paar Fußgänger, die andächtig die Verrenkungen ihrer Hunde beim Urinieren betrachten. Die Zeitarbeitsagenturen erzeugen schnell eine vertraute Atmosphäre.

Dann ist da eine Bar mit ausschließlich männlichem Publikum. In den Unterhaltungen der Leute vermischen sich die Sprachen zu einem unverständlichen Kauderwelsch. Es scheint jedoch, als ob sich ihre Gespräche auf die junge Frau beziehen, die sich einen Weg durch die Rauchergruppen zu bahnen sucht, dann aber wieder zu ihren ursprünglichen Themen zurückkehren, sobald der Anorak im Dunkel der Nacht verschwunden ist.

Sie muss noch etwa fünfhundert Meter laufen, bevor sie ein Hotel findet. Die Treppe ist mit einem floral gemusterten, reichlich zerschlissenen Teppich ausgelegt. Auf dem Tresen bemerkt sie eine Klingel aus mattglänzendem Metall. Sie drückt mit dem Zeigefinger entschieden darauf. Daraufhin erscheint ein Mann auf der Bildfläche, der ebenso abgenutzt wirkt wie die Dinge um ihn herum. Der Preis für zwei Nächte in einem Einzelzimmer ist nicht hoch, sie bezahlt und schläft ein, ohne dass sie sich die Mühe macht, sich auszuziehen. In ihrem Portemonnaie befinden sich noch einhundertvierunddreißig Euro.

Der nächste Tag ist ein Sonntag. Dottergelb fällt das Licht auf die unverputzten Mauern. Außer dem Bett umschließen sie einen Schrank aus Pressholz, zwei Stühle der gleichen Machart und eine Ziehharmonikatür zum WC. Vom Fenster aus kann sie eine ziemlich beachtliche Konditorei sehen, die offensichtlich sehr beliebt ist in diesem Ort, wo Geldmangel und kaum vorhandene Freizeitmöglichkeiten die Langeweile am Wochenende noch steigern. Mademoiselle folgt den Hinweispfeilen in den Clubraum, wo lachsfarbene Servietten auf mögliche Kunden warten, und bestellt sich einen Tee. Ich trinke nur Tee.

Am Morgen kommen einem die guten Ideen, da muss man Pläne machen. (Sie nimmt ein kleines Stück Brot aus dem Korb.)

Damit man alles hinter sich lassen kann, ganz von vorn anfangen. (Streicht die Minibutter aus der goldschimmernden Verpackung darauf.) Das volle Programm eben mit ihrem neuen Namen. (Bestreicht das Brot mit einer Portion Marmelade.) In jeder Hinsicht zu der Frau werden, die man sich beim Klang der sechs Silben vorstellt. (Sie schlingt das Stück Brot hinunter.) Wirklich eine simple Strategie, zumal sie dem Anforderungsprofil für diesen Job voll und ganz entspricht, wie sie feststellt, während sie ein Croissant für später mitgehen lässt. Auf Wiedersehen Monsieur, schönen Tag Mademoiselle.

Man findet den Ozean in Saint-Nazaire nicht auf Anhieb. Die junge Frau geht zwischen den niedrigen, auf einem rechtwinkligen Grundriss errichteten Gebäuden hin und her, hält die Nase in die Luft, um herauszufinden, in welcher Richtung das Meer liegen könnte, und landet in einer Einkaufsgegend. Die Inhaber halten sich an die verordnete Sonntagsruhe, und so schlendert sie an den Ladengittern entlang, hinter denen sich Dinge türmen, die sie sich ohnehin nicht leisten könnte, und biegt dann auf einen Vorplatz ein, der von einem unverputzten Betonblock umschlossen wird.

Der Gesteinsblock, die übergroße Version eines Bunkers aus dem Zweiten Weltkrieg, scheint ein Beispiel jener kopflosen Architektur zu sein, die für gewöhnlich bloß in schlechten Träumen oder Sciencefiction-Filmen auftaucht und deren Existenz man nur ungern wahrhaben möchte. Sie zwingt den Passanten, unvermittelt stehenzubleiben, und ruft eine ebensolche Mischung aus Anziehung und Entsetzen hervor wie alle riesenhaften Dinge – eine Felswand, ein Abgrund (ein Superpostpanamax, wird der Inspektor sagen). Eine Luke in der Fassade führt ins Innere des Bunkers, der, von dieser Position aus betrachtet, eher etwas von einer Kathedrale hat – das Dunkel, in dem die Gegenstände verschluckt werden, die gewölbeartige Ausbuchtung in der Höhe, der Höhlengeruch. Am anderen Ende öffnet sich der Bau zu einem nicht überdachten Wasserbecken. Ein schwarzer Frachter zieht gelassen in Richtung Hubbrücke, die senkrecht in den Himmel ragt, um ihn zum offenen Meer hinauszulassen. Kaum hat er die Schleuse passiert, geht sie auf den Vorplatz zurück und klettert die Rampe zum Dach hinauf.

Von hier aus überblickt sie sämtliche Hafenanlagen, Fluss und Meer. Ein Gewirr von Dächern und Säulen, Lagerhallen, Scheinwerfern, Bojen, Baken, auch Schiffen, unter anderem ein unter Baugerüsten verborgenes Passagierschiff, das auf einem Trockendeck in der Sonne liegt. Silhouetten bewegen sich auf den schmalen Gängen, Arbeiter, bestückt mit Lötkolben, Bohrmaschinen oder Farbtöpfen. Mademoiselle betrachtet einen Moment lang das Passagierschiff, an dem noch kein Name angebracht ist, geht dann auf den Vorplatz zurück und um den Bunker herum. Sie kommt an den Kühlhäusern vorbei, einem Turbinenhebewerk, der befestigten Schleuse. Vor dem Passagierschiff macht sie halt.

Der Steven schwebt zehn oder zwölf Meter über ihr und scheint bereit, die Wellen zu spalten. Doch die junge Frau interessiert sich mehr für den Kiel. Das Schiff ruht auf einer Reihe von Dominosteinen, winzigen Blöcken im Vergleich zu der Masse, die sie tragen müssen. Am anderen Ende mündet der Steven in eine dicke Ausbauchung, die aussieht wie eine gigantische Zwiebel. Sie überlässt ihre Gedanken den sich aufdrängenden Vergleichen, als sie zwei Arbeiter bemerkt, die sie bei ihren Betrachtungen zu beobachten scheinen und ihr offensichtlich jeden Augenblick auf die Sprünge helfen wollen.

Jenseits der Werft erstreckt sich ein kahles Gelände, kein Haus, kein Strauch ist zu sehen. Nur ein paar Lagerschuppen können dieser Einöde widerstehen, während in der Ferne die Brücke von Saint-Nazaire den Fluss in einem graziösen Halbkreis überspannt. Mademoiselle macht drei Schritte auf dem schmalen Weg, betrachtet die Gegend abschätzig und fragt sich, was sie hier eigentlich will. Sie wirft einen Kieselstein in den Fluss und entdeckt ein paar Meter weiter ein Holzhaus, wie es sie in Kanada auf dem Land gibt. Seltsamerweise trägt es auch noch die Aufschrift *Museum*. Demnach ist es ein öffentlicher Ort, an dem man das Recht hat, sich aufzuwärmen.

Eine Familie, bestehend aus zwei Erwachsenen und zwei kleinen Jungen, verbreitet Unruhe an der Kasse, die Frau ist damit beschäftigt, die vier Eintrittskarten zu bezahlen, während sich die Kinder gegenseitig Haarbüschel ausreißen. Mademoiselle nutzt das Gedränge und schlüpft in den Museumsraum, wo zum Glück niemand eine Eintrittskarte von ihr verlangt.

Die Ausstellung beginnt bei den unvermeidlichen Überresten des Neolithikums – angeblich zu Pfeilspitzen gehauene Steine, Tongefäße in Scherben und so weiter –, dann aber geht es schon interessanter mit Modellschiffen weiter. Zu sehen gibt es die berühmtesten Passagierschiffe von Saint-Nazaire, die detailgetreu nachgebildet sind. Vom Maschinenraum bis zur Gangway. Die junge Frau kann den Weg der Passagiere jetzt genau nachverfolgen. Sie schleicht um die Modelle herum und erfasst so mit einem Blick, was ihr zuvor, unter dem Bug des im Bau befindlichen Schiffs, verborgen geblieben war. Wären da nicht die Vitrinen und die Sicherheitsbänder, könnte sie sie sogar berühren und die Dinge, die sonst so unerreichbar blieben, endlich zu ihren machen.

Im weiteren Verlauf widmet sich die Ausstellung der Luftfahrtindustrie, mit der in Saint-Nazaire die Verluste im Schiffbau ausgeglichen werden sollten. Mademoiselle interessiert sich in keiner Weise für Flugzeuge. Als sie in Richtung Ausgang geht, stößt sie mit einem einzelnen Besucher zusammen. Sie hatte ihn schon kurz zuvor aus den Augenwinkeln wahrgenommen, als er sich in meditativer Pose über eine Vitrine beugte. Als sie sich befreien will, streift sie seinen Hemdkragen mit der Nase. Oh, Entschuldigung. Nein, es ist meine Schuld. Tut mir wirklich leid. Sie überschlagen sich vor Höflichkeiten. Sie macht eine Bewegung nach links, stößt erneut mit dem Mann zusammen, dann weicht sie nach rechts aus, und wieder das Gleiche. Schließlich will sie ihm einen ihrer durchdringenden Blicke zuwerfen, deren Geheimnis nur sie kennt, als sie sich auf einmal in seinem Gesicht verliert, das jetzt ganz dicht vor ihr ist, und verzichtet auf ihren Plan. Auf die Irritation folgt eine Lawine widersprüchlicher Gefühle. Sie tritt beiseite, deutet ein Lächeln an unter ihrer Kapuze, setzt diese dann ab und schüttelt ihr Haar. Dann sagt sie erneut Entschuldigung, tut mir leid, ich bin so ungeschickt, und außerdem hab ich meine Brille nicht auf, ich sehe gar nichts.

Kein Grund, sich zu entschuldigen, es war meine Schuld.

Sie will etwas sagen, aber man hat nicht immer das richtige Wort parat, mit dem man den Moment ewigkeitstauglich machen könnte. Doch auch er sagt nichts, und der Augenblick ist zu kurz, um zu entscheiden, ob er, so wie sie, etwas hätte sagen wollen und nur nicht die richtigen Worte fand. Trotzdem hat sie den Eindruck, dass er nichts dagegen gehabt hätte, den Moment in die Länge zu ziehen. Ein schwacher Trost. Mademoiselle verlässt die Ausstellung ziemlich niedergeschlagen

Sie sitzt auf dem frisch gemachten Bett und versucht, sich einen Überblick über ihre Lage zu verschaffen. An der Rezeption hat sie vorhin für zwei weitere Nächte bezahlt, was ihre Reserven auf sechsundsechzig Euro zusammenschrumpfen ließ. Da ihre Mittel zusehends schwinden, wird sie bald die Rabattmarken in den Discountmärkten sammeln müssen. Mademoiselle sieht sich allerdings nicht auf ewig Ravioli aus der Dose essen, die sie auf dem Heizkörper im Badezimmer kaum warm bekommt.

Vor dem Bett liegt der Racine herum. Sie schlägt ihn irgendwo auf, stößt auf den Namen Bérénice, die ihrem Geliebten Vorhaltungen macht, weil er ihr Schmuck schenkte, statt sie zu besuchen. Mademoiselle ist genervt und schlägt das Buch zu. Sie braucht etwas Schöneres zum Anziehen. Einen Mantel, Schuhe, Strumpfhosen, Halsketten, Schminke, eine Handtasche.

Gleich am Montag durchkämmt sie das Einkaufszentrum, um eine Lösung für dieses Problem zu finden. Bekleidungsgeschäfte wechseln sich ab mit Schnellrestaurants, die alle möglichen Sandwiches anbieten – traditionelle, baltische, Burger, Panini, Hot-Dogs. Es scheint fast so, als sollten mit den aufdringlichen Werbeslogans Kunden angelockt werden, damit diese dann von den Sandwiches verspeist werden, und nicht umgekehrt.

In den Boutiquen sind gesichtslose Puppen mit fließenden Kleidern ausstaffiert, die an den schmalen Hüften eng anliegen.

Für die Preise interessiert sich Mademoiselle nicht. Ihr Blick bleibt an der ausgeklügelten Alarmanlage hängen und wandert dann wieder zu den Schaufensterpuppen, die sie von ihrer Vitrine aus anmachen. Es ist immer dasselbe: Kaum streckt man die Hand aus, wird einem das Objekt der Begierde schon wieder entzogen, man soll zur Kasse, das Geld zählen und bezahlen. Es hat ja keinen Sinn, etwas zu wollen, wenn man die entsprechende Summe ohnehin nicht zur Verfügung hat.

Sie könnte sich natürlich einen Job suchen, brav auf ihr erstes Gehalt warten, dann eine kleine Wohnung mieten und ein neues Leben beginnen. Aber das geht alles zu langsam und ist zu anstrengend. Außerdem scheint es ihr, als wäre sie diesen Weg schon tausendmal gegangen, um am Ende doch nur wieder da anzukommen, wo sie losgegangen war.

Bei H&M gibt es alles, was sie braucht – modische Kleidung, Accessoires, Kosmetik. Die Verkäuferinnen gehen durch die Abteilungen, errichten Stapel aus Pullovern, bauschen die Spitzenverzierungen an den Blusen auf, hantieren an den Gürteln herum, an den Preisschildern. Sie passiert die Sicherheitstür, befühlt die Stoffe, betastet die Schminktöpfe. Die Produkte sind allesamt mit ziemlich widerstandsfähigen Magnetpreisschildern versehen, mal ganz abgesehen von den Überwachungskameras in den Ecken, den Kontrollspiegeln und den Kaufhausdetektiven, die sich auskennen mit den Manövern mittelloser junger Leute.

Sie verlässt die Filiale. Geht um das Gebäude herum, stößt auf das weit offenstehende Lager. Ein Lieferant schleppt Kartons zwischen dem Geschäft und einem Kleintransporter hin und her. Als er wieder im Fahrerhaus sitzt, riskiert sie einen Blick ins Innere des Gebäudes. Ein Mann in Arbeitslatzhose und mit pomadisierten Haaren, die senkrecht auf seiner flachen Stirn liegen, kontrolliert die Lieferung mit gelangweilter Miene. Sie stellt sich herausfordernd in die Tür, sodass der Angestellte auf die unbewegliche Silhouette aufmerksam wird.

Was wollen Sie hier, Sie können hier nicht rein, wenn Sie in das Geschäft wollen, müssen Sie um das Gebäude herum.

Oh, Entschuldigung, sagt die junge Frau und setzt ihre Kapuze ab, sodass ihr von allen Seiten Strähnen ins Gesicht fallen. Ich habe mich gefragt, ob Sie zufällig noch Leute brauchen.

Mmh, gibt der andere etwas sanfter von sich. Im Moment nicht. Warten Sie. Vielleicht doch eventuell. Dafür ist der Chef zuständig. Kommen Sie mal her, was können Sie denn?

Ich kann zählen, antwortet sie und geht einen Schritt vor. Ich kann die Kasse bedienen, Wechselgeld herausgeben.

Wenn das so ist,
(Sie nimmt einen Verpackungskarton)
wenn Sie also Erfahrung haben,
(und setzt sich darauf,)
sollten wir Ihre Bewerbung prüfen.
(macht den Reißverschluss ihres Anoraks auf.)

Die junge Frau hält sich sehr gerade, die Knie fest zusammengepresst. Nur mit dem Kopf dreht sie sich immer wieder halb zur Seite, um herauszufinden, was sich alles im Lager befindet. An den Kleiderständern schaukeln Dutzende von kurzen und langen Mänteln, aus echtem oder aus Kunstpelz, gestrickt oder aus Baumwolle, Samt, aber auch gerade geschnittene Kleider, Volantskleider, Rüschenkleider, in allen möglichen Stoff- und Farbvariationen, von Pastell bis Neongelb.

Sind Sie verantwortlich für das Lager?

Ja, ich bin der Lagerchef, sagt er und macht eine besitzergreifende Geste.

Sie lächelt und geht einen Schritt auf ihn zu, die Hände an den Hüften, dann noch näher Ich könnte meinen Freunden Geschenke machen, wenn ich Lust habe.

Natürlich könnte sie sich auf eine Stelle bewerben. Morgen früh mit einem Lebenslauf wiederkommen, ein Vorstellungsgespräch mit dem Chef der Personalabteilung führen, Tests absolvieren, bei denen sie ihre Fähigkeiten unter Beweis stellt, und dann geduldig warten, bis eine Stelle frei wird. Der Mann steht einige Zentimeter von ihr entfernt und redet gerade davon, was man alles beherrschen muss, um eine Stelle im Lager zu erhalten, wo man bei entsprechender Flexibilität schnell die Karriereleiter hochklettern könne.

Mademoiselle kennt alle Schritte des Einstellungsverfahrens. Bei den Vorstellungsgesprächen erklärt sie meistens Ich bin Autodidaktin, ich lerne sehr schnell, und ich würde meine Begeisterungsfähigkeit gern in den Dienst Ihres Unternehmens stellen. (Er streift sich einen Träger seiner Latzhose ab.) Manchmal fürchtet sie zu übertreiben, doch für den Personalchef ist es eigentlich immer die richtige Antwort, denn sie zeigt ihren guten Willen und ihre Anpassungsfähigkeit. (Sie öffnet die Knöpfe, die die Latzhose an der Hüfte zusammenhalten.) Danach wird ihr eine Stelle in einem großen Supermarkt oder einem Einzelhandelsgeschäft zugewiesen, wo sie Produkte verpacken oder mit Summen hantieren muss, die nie in ihrer eigenen Tasche landen, weil sie am Ende des Tages die Kasse macht und sie es natürlich als ihre Pflicht ansieht, eine bis auf den letzten Pfennig korrekte Summe vorzuweisen. Sie stützt sich auf die Kiste. Sie hat auch schon in Büros gearbeitet, wo sie von morgens bis abends vor einem Computer saß und Daten eingeben, Daten prüfen, Daten ausdrucken musste und wo sie mittags mit Kollegen essen ging, die allesamt in den Vororten in irgendwelchen neuen Häusern wohnten, die sie mithilfe von Krediten zu schwindelerregenden Zinsen erworben hatten. (Sie schließt die Augen.) Aber sie mochte die Büros nicht, in denen man sich kaum bewegen konnte, mit den Möbeln, die man hinnehmen musste, ohne Einspruch erheben zu können. (Ihre Nase stößt gegen den weichen Bauch.) Sie kann sich nicht daran erinnern, wann sie aufgehört hat, dort zu arbeiten, sie erinnert sich nur noch an die Fassungslosigkeit und den Stumpfsinn, die nach den Tagen vor dem Bildschirm zurückblieben, an denen sie nur aufgeblickt hatte, um nach der Wanduhr zu sehen, deren Zeiger sich weigerten weiterzuwandern, dieses große Zifferblatt, auf dem sie sich verlor, nachdem sie hatte feststellen müssen, dass es noch immer drei Stunden waren, zwei Stunden, eine Stunde, eine Minute, und dass diese Minute immer noch zu lang war.

Auch hier, im Lager, zählt eine Uhr die Stunden. Der Zeiger löst Klickgeräusche aus, die nur im Raum selbst zu hören sind. Sie konzentriert sich zum einen auf diese Klicks und zum anderen auf die Bewegungen des langen, dünnen Zeigers, der die Sekunden zählt, und zwar genau so lange, bis die Befreiung erfolgt. Die Hand, die auf ihrer Schulter lag, löst sich, und die Uhr am dazugehörigen Handgelenk zeigt 11 Uhr an. Schon 11 Uhr, ich muss an die Arbeit, hier, nimm, was du haben willst, und komm wieder, wann du willst.

Eine junge Frau in voller Montur geht die Avenue de la Vera-Cruz hinunter. Unter einem Mantel in Fischgrätenmuster trägt sie ein schwarzes, auf Taille geschnittenes Kleid, das zu den Knien hin weiter wird, knallrote Stiefeletten mit Absatz und eine Handtasche im gleichen Farbton. Auf einem Containerschiff vom anderen Ende der Welt hierhergebracht, sollten diese Sachen eigentlich bei H&M verramscht werden. Doch das Schicksal wollte es anders, und so fanden sie ihre Bestimmung bei einer jungen Person, die sich mehr um ihre Erscheinung sorgt als um Bequemlichkeit und die diese Verkleidung stolz zur Schau stellt, die, aus der Ferne betrachtet (oder für den kurzsichtigen Blick), aus einer der besten Boutiquen zu stammen scheint.

In diesem Viertel am Rand des Stadtzentrums gibt es noch ein paar Villen im Seebadstil. Die Architekten aus der Zeit des zweiten französischen Kaiserreichs haben nichts ausgelassen, als sie die Fassaden mit antiken, mittelalterlichen, maurischen oder normannischen Ornamenten überfrachteten und dabei Stuckelemente, Emailarbeiten, Türmchen und kleine Säulen zum Einsatz brachten und dann mit Spitzgiebeln dem Ganzen die Krone aufsetzten. Mademoiselle betrachtet jede einzelne Villa aufmerksam, so als suchte sie nach einer Wohnung. Auf einem Schild in der Nähe des Eingangs steht jeweils der Name, *Süße Ruhe*,

Schöner Aufenthalt, Schönes Ufer, und auf ihren Lippen zeichnet sich ein breites Grinsen ab – so was in der Art müsste es sein.

Die Avenue führt zum botanischen Garten, der in seinen Anpflanzungen streng der Ordnung folgt, an die man sich in Frankreich seit dem Ancien Régime hält. Mademoiselle lässt sich vom Wind und vom Geruch des Meeres leiten, bis sie zum Strand gelangt, wo sie nur einen bronzenen Soldaten vorfindet, der an den Sieg erinnern soll und jetzt den Sonnenuntergang begrüßt. Als sie sich hinunterbeugt, um den Sand aus ihren Stiefeletten auszuschütten, bemerkt sie in der Ferne ein auf die Flussmündung zusteuerndes, sehr großes Schiff, das sie undeutlich an etwas erinnert. Je nach Blickwinkel vermischt sich das Bild, das auf ihrer Netzhaut eingeprägt ist, mehr oder weniger mit einem anderen, älteren Bild aus ihrem Gedächtnis. Dann fährt das Passagierschiff in den Fluss ein, und es kommt ihr vor, als habe sie geträumt.

Am Ende des Strandes angekommen, geht sie über die beiden Molen, die den Vorhafen wie eine Krabbenzange umschließen. Von hier aus kann man wieder den Bunker sehen, das Wasserbecken, die Mündung. Als sie diese erreicht, kehrt das Passagierschiff an den Platz zurück, den es am Morgen verlassen hatte, um die ersten Tests auf dem Meer zu absolvieren, und wo man ihm nun den letzten Schliff geben wird. Schon hat sich eine Menschenansammlung gebildet, die ungeduldig auf den Einlauf des Schiffes wartet. Jeder reckt seinen Fotoapparat gegen die riesige Wand, die sich ihren Weg zwischen den Kais bahnt, um wieder auf das Trockendeck zu gelangen. In der Nähe der schweren Tür, die den Frachtraum von der Mündung abschirmt, erscheint auf einmal die Silhouette eines Mannes, der ihr bekannt vorkommt und dessen Anzug die athletische Figur betont. Sie tut so, als wollte sie einen besseren Blick auf den Fluss erhaschen, obwohl sie eigentlich nur herausfinden will, ob er es wirklich ist, der Mann vom Museum, dessen Hemdkragen sie am Tag zuvor versehentlich gestreift hat. Und auch er nähert sich, hebt seinen Blick vom Schleusensystem und wirft der jungen Frau ein freudestrahlendes Lächeln des Wiedererkennens zu Guten Abend Mademoiselle, wie geht es Ihnen?

Es geht ihr gut, es geht ihr sehr, sehr gut. Das Spektakel gefalle ihr, sie sei froh, in Saint-Nazaire zu sein und das mit ansehen zu können, denn sie komme nicht von hier. Übrigens, das sieht man, oder? Und sie prustet los, charmant, wie sie es kann, und zeigt auf ihre zinnoberroten Stiefel.

Freut mich sehr, Sie kennenzulernen, sagt er und reicht ihr seine rechte Hand.

Bérénice. Bérénice Beaurivage, antwortet sie und streckt ihm die ihre entgegen.

Ich arbeite auf dem Passagierschiff.

Ich arbeite an einem Buch. Einem Buch, ja genau, ich bin Romanschriftstellerin, ich schreibe Romane. Nein, keine Krimis, und nein, meinen Namen können Sie nicht kennen, ich habe ein Pseudonym, nennen Sie mich einfach Bérénice, der Name gefällt mir, Sie haben Recht, nehmen Sie meinen falschen Namen, später sage ich Ihnen, wie ich wirklich heiße, nein, also ich meine umgekehrt natürlich.

Da an dem Passagierschiff jetzt nicht mehr viel passiert, gehen die junge Frau und ihre Begleitung ins Stadtzentrum zurück, möglichst langsam, um sich nicht gleich wieder verabschieden zu müssen. So kommen sie immer weiter Richtung Norden und landen schließlich vor einem nett aussehenden Bar-Restaurant mit Namen *Skipper*, wo man gut ein Glas trinken kann.

Erzählen Sie mir von sich, sagt der Mann hinter seinem Chardonnay. Das muss aufregend sein, sich Geschichten auszudenken, folgen Sie dabei einem Plan, oder überlassen Sie sich Ihrer Phantasie? Ich habe überhaupt keine, als Ingenieur. Es macht mich neugierig, ja, ich wollte immer schon wissen, ich habe mich schon immer gefragt, wie man so einen Roman schreibt.

Oh. Das ist ziemlich einfach. Und gleichzeitig ziemlich kompliziert. Man muss. Man soll. Worte benutzen. Seine Stimme benutzen. Ja, die Stimme entscheidet alles. Mithilfe der Worte natürlich. Verstehen Sie? Aber ich drücke mich unklar aus, das ist immer so, die Schuster haben immer die schlechtesten Schuhe, und außerdem gibt es da kein Rezept, nein, jeder geht seinen eigenen Weg, jeder wählt seine eigenen Worte, seine eigene Stimme. Während sie das sagt, streicht sie sich über ihr üppiges Haar, das ihre Schultern überflutet, ihren Halsansatz, die Rundung ihrer Wange.

Und Sie, hakt sie ein, was machen Sie genau?

Ich bin Inspektor.

Inspektor.

Schiffsinspektor. Ich überwache, ich kontrolliere, ich prüfe. Das Gesamtbild, das Zusammenspiel der Materialien. Vom Grundkonzept bis zum kleinsten Detail, mir entgeht nichts, das ist mein Beruf.

Die Lippen des Inspektors könnten genausogut auch gar keinen Ton von sich geben, denn sie scheinen nur dafür gemacht zu sein, seine extrem gleichmäßig gewachsenen Zähne zu entblößen. Der Oberkieferknochen sitzt fast millimetergenau über dem Unterkieferknochen, die Schneidezähne sind kerzengerade, die Eckzähne sind nur ein wenig spitzer und bilden einen sanften Übergang zu den Backenzähnen. Bérénice reicht das schon. Bérénice will, dass er sie genauso will wie umgekehrt, und zwar jetzt gleich. Und tatsächlich scheint hier etwas zu gehen, denn der Inspektor gibt sich alle Mühe, die ganze Palette seiner Talente vor der jungen Frau auszubreiten, die in seiner Phantasie – da kann er ruhig das Gegenteil behaupten, auch er besitzt diese Eigenschaft, die seinem Beruf angeblich widerspricht – so bemerkenswert erscheint. Und zwar in jeder Hinsicht, angefangen bei der Verpackung, denn Bérénice besitzt eine gewisse Ähnlichkeit mit der Schauspielerin Arielle Dombasle, die er vor fünfzehn oder zwanzig Jahren im Fernsehen gesehen hat, aber das ist rein äußerlich, diese Romanschriftstellerin hier wirkt bei weitem nicht so selbstsicher wie die Schauspielerin.

Sie würden einander gern wiedersehen. Morgen Abend? Morgen Abend. Als sie gemächlich die Avenue du Général-de-Gaulle in Richtung Rathaus, einem typischen Nachkriegsbau, entlanggehen, um sich dort zu verabschieden, kommt ihnen eine großgewachsene Frau entgegen und stößt fast mit ihnen zusammen.

Hey, Blandine, sagt der Inspektor ohne sonderliche Begeisterung. Bérénice, ich möchte Ihnen Blandine vorstellen, sie ist Journalistin und macht gerade eine Reportage über den Bau des Passagierschiffs. Ich helfe ihr bei den Recherchen, wir arbeiten gelegentlich zusammen.

Blandine Lenoir, präzisiert die andere und hält ihr eine lange weiße Hand entgegen.

Bérénice muss den Blick heben, um sich einen Eindruck von ihrer Gestalt zu verschaffen, jedenfalls entspricht sie nicht gerade der Art von Frau, die sie in der Nähe des Inspektors sehen möchte. Das Gesicht sieht aus, als wäre es mit einem Seidenpinsel gemalt, darin liegen große, ruhige Augen unter einem roten Kurzhaarschnitt. Der schlanke Körper ist sorgsam von feinsten Stoffen umhüllt.

Bérénice Beaurivage, entgegnet sie unbeirrt. Dann wendet sie sich dem Inspektor zu und sagt Ich habe viel zu tun morgen, ich muss ins Bett.

Schon?, meint er enttäuscht, und Blandines Blick verdüstert sich. Diese nimmt nun ihrerseits Bérénice ins Visier und kann nur schwer verstehen, was er an ihr findet. Sie bemerkt nur die Kleidung, die grobe Verarbeitung der Stoffe, den Körper, der sich nicht wohlzufühlen scheint darin, so als ob beide nicht zusammengehören. Und als Bérénice bemerkt, wie die andere mit dem Blick den Schnitt ihrer Kleidung begutachtet, ahnt sie, ohne es an irgendetwas festmachen zu können, dass sie eine Rivalin vor sich hat.

Der Inspektor hat gesagt, sie solle zum Vorplatz des Bunkers kommen, und Bérénice achtet ganz genau darauf, dass sie ihre sieben Minuten Verspätung einhält. Im *Passarelle* trinken sie *Kalashnikovs*, im *VIP* ein paar *Kamikaze*, das heißt ziemlich viel Wodka, der mit anderen Alkoholika gestreckt ist.

Sagten Sie nicht, dass Sie eine Brille tragen?, fragt der Inspektor und lehnt sich mit einem strahlenden Lächeln gegen die Bar. Ja natürlich, neulich im Museum, Sie sagten Ich sehe nichts ohne meine Brille. Ich mag Brillen sehr, ich möchte Sie unbedingt damit sehen, wollen Sie sie nicht einmal für mich aufsetzen?

Sie ist mir zerbrochen, antwortet Bérénice mit Nachsicht, weil sie etwas weniger betrunken ist.

Waren Sie schon auf dem Dach der U-Boot-Basis?, entgegnet der Inspektor ohne erkennbaren logischen Zusammenhang.

Was für eine Basis?

Die U-Boot-Basis. Der Bunker. Die Deutschen haben ihn während der Besatzung für ihre Unterseeboote gebaut. Wussten Sie das nicht? Wie kann man das denn nicht wissen, das ist doch die Hauptattraktion der Stadt.

Ich bin nicht sonderlich neugierig.

Das ist ein Fehler, sagt der Inspektor und zahlt ihre Getränke. Dann führt er sie zu dem Platz, dem Bunker und der Rampe, die auf das Dach hinaufführt.

Nachts beherrscht die Terrasse die gesamte silberne Oberfläche des Hafenbeckens. An seinen höchsten Punkten ist der Bau mit Lichtern versehen. An der Südseite wird er vom Schatten des Passagierschiffs flankiert. Bérénice betrachtet das Panorama eine Weile und geht dann an den Markierungen der Sonnenuhr entlang, die in den Steinboden eingelassen ist. Der Inspektor folgt ihr. Vom Vorplatz dringen Stimmen zu ihnen hinauf, die immer deutlicher werden, bis ein paar Jugendliche auftauchen, die aus irgendeiner Bar entflohen zu sein scheinen und nun ebenfalls die Rampe hochklettern.

Ich werde Ihnen den Raum zeigen, wo die Bomben scharf gemacht wurden, erklärt der Inspektor und nimmt Bérénices Hand.

Auf der linken Seite des Dachs wurden Hunderte von senkrecht gekreuzten Betonbalken errichtet, die ein rechtwinklig angeordnetes Labyrinth bilden. Vom Eingang aus betrachtet, scheint sich die Perspektive ins Unendliche zu vervielfachen wie bei zwei einander gegenüberliegenden Spiegeln. Eine Mauer folgt auf die nächste, allesamt mit Öffnungen versehen, durch die man die jeweils dahinter-, aber auch die seitlich von ihr liegende Mauer sehen kann. Es entsteht eine Art architektonischer Rausch, ausgelöst durch ein zwanghaftes Verlangen nach Symmetrie, das die Grundlage des Bauentwurfs für diesen Ort gewesen sein muss.

Bérénice betritt das Labyrinth. Mondlicht dringt nach und nach ein und macht die Folgen der Oxydation auf den Wänden sichtbar, grüne und braune Verfärbungen, die die Gestalt eines Schnabels, eines Mauls oder einer Pfote annehmen, steinerne Visionen, erzeugt durch die Arbeit der Luft auf dem armierten Beton. Im Dunkeln wirft die Silhouette des Inspektors einen noch dichteren Schatten auf den Boden. Die junge Frau blickt sich kurz um und kontrolliert, ob sich die kleine Gruppe, die oben an der Rampe angekommen ist, zur anderen Seite des Dachs hinbewegt, und verschwindet dann in dem dunklen Raum. Der Inspektor folgt ihr unmittelbar.

Mit der Fußspitze stößt sie die Scherben beiseite, die den Boden bedecken, Flaschen, Bierdeckel, Dosen, Bauschutt, dann geht sie langsamer, bleibt fast stehen, wird wieder schneller. Bis er bei ihr ist. Der Atem des Inspektors weht die kleinen Haarsträhnen an ihrem Hals zur Seite, den Rest hat sie hochgesteckt, hochgesteckt und wieder aufgemacht, dann wieder hochgesteckt, und das zwanzigmal seit vorhin im *Passarelle*, das war vor drei Stunden, also vor einhundertachtzig Minuten, Zeit genug, um das Aufeinanderprallen vorzubereiten.

Was jetzt geschieht, bietet kaum Überraschendes, es ist vielmehr eine neue Version bereits bekannter Bewegungsabläufe. Seine Kraft bewirkt dabei nichts, was sie nicht schon irgendwie kennt, hat aber Einfluss auf die Qualität der Ausführung. Eine Hand umfasst einen Nacken, der sich scheinbar entziehen will, standhält und nach dem besten Winkel sucht. Sie erhofft sich einen stärkeren Druck, der sie herumreißt, an den Haaren packt, in denen sich die Hand verfängt. Doch die Hand zögert noch, und Bérénice macht sich los. Sie geht zum Eingang, wirft einen Kieselstein auf das Dach. Das Rollen des Steins weckt die Aufmerksamkeit der jungen Leute, die sich in die Richtung umdrehen, aus der das Geräusch kam. Als sie die zwei sich bewegenden Schatten sehen, bringen sie ein Guten Abend hervor. Bérénice winkt ihnen zu, bevor sie wieder im Raum verschwindet.

Der Inspektor steht auf der anderen Seite des Eingangs. Sie beäugen sich gegenseitig, wie sie in ihrem Lichtkegel einander gegenüberstehen, der ihre Füße, ihre Knie, ihre Schenkel erhellt. Ihre Oberkörper verlieren sich in der Dunkelheit, von den

Gesichtern ist nur das Weiß der Augen zu sehen, Bérénice, die dem Blick des Inspektors standhält.

Sie rollt mit ihren Schultern und streift sich den Mantel ab, der zur Erde gleitet, drückt ihre rechten Zehen gegen die linke Ferse, um sich einen Stiefel auszuziehen, und wiederholt dasselbe mit dem anderen Fuß. Die Strumpfhose wirft sie in den herumliegenden Bauschutt, dann greift sie mit ihren Fingern unter ihr Kleid, unter den mit Spitze besetzten Slip, der ebenfalls zu Boden gleitet und im nächtlichen Dunkel des Raums verschwindet. Der Reißverschluss des Kleids öffnet sich entlang ihrer Wirbelsäule. Sie entblößt ihre Schultern, gleitet mit den Fingerspitzen die gezackten Träger entlang. Der Inspektor verlässt seinen Lichtkegel und durchquert den Raum.

Er packt Bérénice an den Ellenbogen und drückt sie gegen die Wand. Die Erhebungen auf der unebenen Oberfläche zerkratzen ihr den Rücken, während ihr Kleid wie durch einen Flügelschlag nach oben schwebt und ihr Gesicht bedeckt. Mit einer gezielten Bewegung öffnet der Inspektor seinen Gürtel und beginnt mit dem, was er zu tun hat. Das Kleid fällt wieder sanft an Bérénices Hüfte herab und gibt den Kopf frei, der dem Rest des Körpers keinerlei Bewegung verordnet. Der Inspektor legt sich ins Zeug und stößt leicht zu, ein brüskes Einatmen, gefolgt von einem kürzeren Ausatmen.

Man könnte sie hören. Wenn ihr Atem am tiefsten Punkt ist, hören sie die Stimmen auf der Terrasse. Schritte nähern sich, bringen den Schotter auf der anderen Seite der Mauer zum Bröckeln, so als wolle jemand ihr Versteck ausfindig machen. Aber sie hören nicht auf, sondern beschleunigen ihre Bewegungen noch. Die Schritte enden an der Schwelle des Raums, wo im erleuchteten Türrahmen die Umrisse einer Person sichtbar werden, die jedoch zögert einzutreten. Eine Stimme sagt Los, was soll schon passieren, da sind Leute drin, wir haben sie vorhin gesehen. Bérénice unterdrückt einen Laut. Eine andere Stimme antwortet Genau, trotzdem sollten wir aufpassen, und der Inspektor dringt noch tiefer ein, so als könnte er die Sache damit verbergen. Die Leute bleiben noch eine Minute unschlüssig stehen, ziehen sich dann aber zurück. Ihre Schritte entfernen sich in die entgegengesetzte Richtung. Sie stellt einen Fuß auf den Boden, ein unergründlicher Schrei löst sich aus ihrer Kehle, während der Inspektor sein Ziel erreicht und sie, nach einem letzten Zucken, mit sich zu Boden reißt.

Sie sind, sagen wir, um die dreißig. Das macht ungefähr dreihunderttausend Stunden, seit Sie Gelegenheit haben, sich selbst kennenzulernen, wobei auch die Zeit des Schlafens mit einberechnet ist, da sie genauso viele Informationen über die Person liefert wie die Momente ihres Wachseins. Sie besitzen also inzwischen eine gewisse Vorstellung von sich selbst. Sie beruht auf der täglichen Konfrontation mit sich, auf Ihren Gewohnheiten, auf Ihrer Art, wie Sie Gefühle empfinden, das bedeutet zwar nicht gerade, dass Sie Höhenflüge erleben – derartiges wird einem nur in den Illustrierten aus den Wartezimmern vorgegaukelt –, aber zumindest fühlen Sie sich in Ihrem Schädel zu Hause. Und genau deshalb wollen Sie daran auch nichts ändern. Sie wollen nicht aus Ihrer intimsten Behausung herausgeholt werden, um sich woanders eine Herberge zu suchen, im Kopf von Bérénice Beaurivage etwa, von der Sie nichts wissen, außer dass sie auf dem Bildschirm eine Frau war, wie man sie gern sein möchte – mit einem einfachen Leben, einem schönen Geliebten und viel Geld.

Für Ihre Umgebung gibt es keinen Grund zu zweifeln: Sie sind die Romanschriftstellerin Beaurivage, die an diesem Hafen am Ende der Welt zu Besuch ist, wo sie Inspiration zu finden hofft. Freilich setzt sich diese Umgebung ausschließlich aus Personen zusammen, die Sie erst vor kurzem kennengelernt haben, aber eine derartige Verwandlung ist eben nicht denkbar, wenn man sich weiter in seinen gewohnten Kreisen bewegen will – Kollegen, Nachbarn, Familie, die Garanten Ihrer eigentlichen Identität, die allesamt gekränkt wären, wenn sie mitbekämen, dass Sie so abrupt eine andere annehmen wollen. Die neuen Bekannten wissen von Ihnen zwei oder drei Dinge, die Sie von Ihnen erfahren haben, und geben sich damit zufrieden, sich den Rest auszumalen und sich alles so zurechtzulegen, dass es ein für Sie und indirekt auch für Ihre Bekannten stimmiges Bild ergibt.

Während der ersten Tage legt es der Inspektor noch nicht darauf an. Von morgens bis abends wird er nicht müde, jeden Millimeter der Schriftstellerin zu erkunden. Ohne Unterlass entdeckt er neue Details, die ihn beglücken, und es ist ein Leichtes, seine Komplimente mit einem bescheidenen Lächeln anzunehmen und die Illusion von der Romanschriftstellerin Beaurivage weiter zu nähren.

Bérénice hat ihr Hotel gegen das des Inspektors eingetauscht, eins von der besseren Sorte, in dem er ein erstklassiges Zimmer bewohnt. Einmal, als sie vor dem Fenster herumstolziert und nichts anhat unter ihrer Bluse, kann er sich nicht enthalten zu sagen Es ist merkwürdig, wie sehr du dieser Schauspielerin ähnelst, Arielle Dombasle, das weißt du doch, oder?

Ist gut möglich, antwortet sie zerstreut.

Ich glaube sogar, fährt er fort, dass ich sie schon mal in einem Film von Éric Rohmer gesehen habe, aber ich erinnere mich nur dunkel, wie hieß er noch gleich ...

Ich gehe nicht oft ins Kino, schneidet sie ihm das Wort ab und schließt sich in der Dusche ein. Auf der anderen Seite der Kabine setzt er erneut an Ja, warte, es spielte am Meer, sie war oft im Badeanzug zu sehen, sie spielte so eine Kreative, irgendwas in der Art, ja, jetzt erinnere ich mich, es war *Pauline am Strand*.

Sie kommt aus der Dusche.

Du bist natürlich zu jung, um sie im Kino gesehen zu haben, fährt er fort, während er ihr in das Zimmer folgt, in dem sie sich anzieht – ein blassviolettes Kleid mit einem weißen Bund an der Taille, Pumps mit Schnallen und hohen Absätzen. Du bist zu jung, aber du könntest ihn ja auch im Fernsehen gesehen haben. Übrigens hätte ich gedacht, dass Éric Rohmer eher ein Filmemacher für Romanschriftstellerinnen ist, sagt er noch mit einem etwas dümmlichen Lachen, da ihm bewusst wird, dass er sich aus seinem Kompetenzbereich hinausbewegt.

Ich kann mich nicht erinnern, sagt Bérénice, die sich zum Ausgehen bereitmacht. Ich hatte noch nie ein sonderlich gutes Gedächtnis.

Natürlich gibt es auch Unterschiede, lenkt der Inspektor ein, als fürchtete er, sie gekränkt zu haben. Du hast nicht ihre aristokratische Art, aber deine Haare, die Form deines Gesichts, all das erinnert mich an sie. Und was den Charakter angeht, passt es überhaupt nicht. Du bist viel zurückhaltender. Das mag ich auch so an dir, gesteht er und wirkt verlegen, dass du nicht so viel redest. Blandine mag ich zwar gern, aber man muss schon sagen, dass sie diese Schwäche hat. Da lächelt Bérénice offen heraus, dann berührt sie flüchtig die Lippen des Inspektors und verlässt unter dem Vorwand, arbeiten zu müssen, das Zimmer.

Am Anfang also drängen sich noch keine Fragen auf. Sie zieht sich mit links aus der Affäre, weil sie es schafft, voller Überzeugung die banalsten Dinge zu äußern. Nur Blandine könnte ihr Schwierigkeiten machen. Wenn sie der Journalistin in einem Café oder in einem Restaurant begegnen, bemüht sich Bérénice vergeblich, die Unterhaltung abzukürzen, da die andere dauernd Fragen stellt. Sie möchte wissen, wie viele Bücher die Schriftstellerin herausgebracht hat, um welche Themen es geht und wo man sie herbekommen kann. Manchmal geht das so weit, dass sogar der Inspektor meint, einschreiten zu müssen, indem er etwa sagt Also wirklich, Blandine, du bist ziemlich neugierig. Bérénice wird uns ihr Pseudonym schon verraten, wenn sie möchte.

Wenn sie unter sich sind, spürt sie jedoch, dass selbst er sich zurückhalten muss, um ihr nicht dieselben Fragen zu stellen. Ständig ist sie zum Ausweichen gezwungen, da er über Umwege an Antworten zu kommen versucht. Zum Beispiel, wenn er plötzlich verkündet Du, ich habe Lust, einen Roman zu lesen, lass uns in die Buchhandlung gehen, du wirst mir sicher etwas empfehlen können, und sie irgendeine List anwenden muss, indem sie ihre hübschen Augenbrauen hochzieht und erklärt Oh, es würde mich wundern, wenn sie in Saint-Nazaire viel Auswahl hätten, wir sind hier in der Provinz, und ich hab dermaßen die Nase voll von Büchern, komm lieber schlafen. Dann läuft sie in ihrem engen, hauchdünnen Kurznachthemd vor seinen Augen auf und ab, und er tut, was sie sagt, ohne zu murren. Am Morgen danach liegt sie noch unter der gesteppten Tagesdecke mit den himbeerfarbenen Streifen auf dem Queensize-Bett, als er sich schon auf den Weg zur Schiffswerft macht und beim Gehen murmelt Komm gut voran, bis heute Abend, woraufhin sie stets antwortet Ja, ich habe viel zu tun heute, ich werde versuchen, nicht zu spät zum Abendessen da zu sein.

Sie kommt immer zu spät zum Abendessen. Nachdem sie es aus dem Queensize herausgeschafft hat, biegt sie wieder auf die Avenue de la Vera-Cruz ein, wo sie so sehr von dem Leben träumt, das sie in einer dieser Villen führen könnte, dass es ihr manchmal so vorkommt, als würde ihr eine davon wirklich gehören. Dann streift sie durch die angrenzenden Stadtteile und entfernt sich so jeden Tag etwas weiter vom Zentrum, wo sie fürchten muss, dass sie wegen einiger geringfügiger Straftaten, die sie zu Beginn ihres Aufenthalts begangen hat, von den betroffenen Geschäftsleuten aufgespürt wird. Sie erkundet die Vororte, geht in Bistros, wo sie hier und da etwas mitgehen lässt, die Bekleidungsgeschäfte am Stadtrand, wo Lagerbestände verramscht werden, bei denen man sich nicht die Mühe gemacht hat, sie gegen Diebstahl zu sichern. Von Zeit zu Zeit fühlt sie sich gezwungen, zum H&M-Lager zu gehen, um sich bestimmte Artikel zu beschaffen. Sie taucht nach den Lieferungen dort auf und tut, was sie tun muss, um zu bekommen, was sie braucht.

Am späten Nachmittag begibt sie sich ins Hotel zurück, wo sie über den Abend nachzudenken beginnt, was sie eine ganze Weile beschäftigt, zumal im Badezimmer eine Eckbadewanne mit Schwenkdüsen steht. In weiche Handtücher gehüllt, legt sie verschiedene Outfits auf der Steppdecke aus und sich dann selbst dazu. Inmitten all der Kleidungsstücke, die bei jeder ihrer Bewegungen mehr durcheinandergeraten, schafft sie es, sich langsam zu entspannen. Sie stellt sich vor, wie die Nacht verlaufen wird, wenn sie mit dem Inspektor erst einmal wieder im Hotel ist, und weil diese Bilder Gefühle auslösen, muss sie sich auf der Stelle selbst befriedigen.

Das Wochenende bedeutet zwei Tage zu zweit. Von Montag bis Freitag freut sie sich darauf, aber sobald es so weit ist, wird sie zusehends unsicher, da die Situation erfordert, mehr zu reden und trotzdem wenig zu sagen. Auf dem Bildschirm blieb die Romanautorin Beaurivage nie bei einem Thema, sie redete über tausend Dinge gleichzeitig. Mit ihrem unerschütterlichen Selbstbewusstsein schaffte sie es immer wieder, sich in den Mittelpunkt der Unterhaltung zu rücken. Diese Eloquenz geht Mademoiselle jedoch ab, als der Inspektor mit nacktem Oberkörper erklärt Nun haben wir zwei Tage vor uns, da können wir endlich reden. Ich will alles über dich wissen.

Sie hat sich allerdings eine passende Strategie zurechtgelegt, um derartigen Befragungen aus dem Weg zu gehen. Auf der Konsole neben dem Fernseher liegen Schreibutensilien, Bleistifte, Radiergummi, Filzstifte, das mit Strass besetzte, von einem Gummiband zugehaltene Schreibheft. Jeden Tag ordnet sie die Gegenstände anders an, um die Neugier des Inspektors zu steigern. Dieser streichelt den Schenkel, der sich an den seinen schmiegt, und wirft einen bewundernden Blick auf die Sachen. Irgendwann jedoch treten Ungereimtheiten auf. Schließlich fragt er Fehlt dir deine Brille eigentlich nicht? Sie beugt den Schenkel und sagt aufs Geratewohl Weißt du, sie macht das Lesen leichter, aber ich komme auch ganz gut ohne aus. Doch der Inspektor hakt nach, so als wollte er einen Beweis für die Existenz der Brille einfordern, und erwidert Zeig sie mir, ich bin nicht ungeschickt, vielleicht kann ich sie dir reparieren. Jetzt ändert sich ihr Ton. Du siehst ja selbst, dass ich den Überblick über meine Sachen verloren habe. Gereizt fuchtelt sie mit dem Handgelenk herum und zeigt auf die überall verteilten Kleidungsstücke, die aus dem Wandschrank quellen, sich auf den Sesseln und Stühlen türmen, auf dem Teppich verstreut sind, ohne dass das Zimmermädchen irgendetwas gegen die Unordnung ausrichten könnte.

Und der Computer, durchbricht er das darauffolgende Schweigen, in dem sie ihren Schenkel an seiner Hüfte gerieben hat, du hast keinen Computer, wie liest du dann deine Nachrichten?

Sie hat bereits über dieses Problem nachgedacht. Wenn es so stark regnet, dass sie gezwungen ist, den Tag vor dem Fernseher zu verbringen, schaut sie sich Sendungen an, in denen Autoren interviewt werden. Dabei hat sie festgestellt, dass es von ihnen zwei Kategorien gibt – die einen leben in der Großstadt, lassen sich von der anregenden Atmosphäre der Cafés und Boulevards inspirieren und sitzen an mobilen Geräten. Die anderen leben auf dem Land und halten es eher mit den traditionellen Methoden. Daher sagt sie jetzt Du, mit dem Computer ist es wie mit dem Telefon, ich habe beschlossen, ohne auszukommen. Dann streicht sie mit ihrer Fußsohle an der Innenseite seines Beins nach oben bis zum entscheidenden Stück. Und schon sind sie kein bisschen mehr bei der Literatur. Erst zwei Stunden später brechen sie zum Strand auf.

Sie laufen unter den bläulich und rosa schimmernden, langgezogenen Fransenwolken des milden atlantischen Winters einher. Manchmal nehmen sie das Auto des Inspektors, um Ausflüge in die gefragtesten Ortschaften wie La Baule, Le Croisic zu machen. Unterwegs halten sie bei Sternerestaurants oder irgendwelchen hochgelobten Feinschmeckerlokalen. Mademoiselle tut so, als würde sie Austern mögen, weil sie davon ausgeht, dass die Romanschriftstellerin Beaurivage in ihrer Sommerfrische am Meer bestimmt welche bestellt hätte. Als sie sich dann allerdings bei den Größenangaben und Beinamen verheddert – *Fine de claire*, *Spéciales de claire* oder *Spéciales pousse en claire* –, nimmt der Inspektor die Sache professionell in die Hand, bevor der Küchenchef anfängt, Nachhilfestunden zu geben.

Es kommt vor, dass sie es wirklich versucht. Bei ihren Spaziergängen, die sie immer weiter vom Zentrum wegführen, nimmt sie ihr Schreibheft mit. Sie sagt sich Warum eigentlich nicht, schließlich habe ich bislang immer noch kapiert, wie eine Sache funktioniert, und dann klappte es bald perfekt. Als sie ihr Weg bis an den Stadtrand führt, wo es nur noch Kieswege gibt, setzt sie sich auf einen Grenzstein und holt ihr Heft heraus. Sie betrachtet die parallel verlaufenden Linien, als wäre in ihnen das Geheimnis der Geschichte verborgen, die entstehen soll, und blättert langsam die Seiten um, in der Hoffnung, dass die mit unsichtbarer Tinte geschriebene Lösung am Rand irgendeiner Seite oder zwischen den Fäden der Bindung auftaucht.

Eines Nachmittags, als sie wieder einmal im Niemandsland unterwegs ist, läuft ihr die Journalistin Blandine Lenoir über den Weg. Die beiden Frauen bemerken einander am Rand eines Feldes, wo die nicht mehr funktionstüchtigen Bojen geparkt werden, die ihren runden, wie mit kleinen Katzenohren versehenen Bauch in den Himmel strecken. Was sie in diesem Moment verbindet, ist die Tatsache, dass weder die eine noch die andere sonderlich erfreut ist über die Begegnung. Es ist allerdings zu spät, den Blick abzuwenden und so zu tun, als habe man sich nicht gesehen, was auch ziemlich unwahrscheinlich gewesen wäre auf diesem kahlen Feld.

Regen fällt auf ihre Kapuzen. Die Journalistin ist auf dem Weg zurück von der Werft ins Stadtzentrum. Bérénice denkt gerade Ich darf hier nicht rumlaufen, vermintes Gelände, könnte gefährlich werden, da baut sie sich vor ihr auf und verkündet Meine Liebe, was für eine schöne Überraschung.

Bérénice setzt ein engelhaftes Gesicht auf. Sie sagt Oh ja, was für eine Freude, Sie zu sehen, während sie versucht, aus den kalten, hellen Augen der Journalistin herauszulesen, ob das, was sie an ihr beunruhigt, schon der Vergangenheit angehört oder noch bevorsteht.

Sind Sie sicher, dass alles in Ordnung ist, Bérénice? Sie machen einen so verwirrten Eindruck, fragt Blandine, als wollte sie sie noch mehr verunsichern.

Ganz und gar nicht, im Gegenteil, entgegnet Bérénice etwas zu hastig. Und sie hat tatsächlich das Gefühl, den Boden unter den Füßen zu verlieren.

Der Inspektor spricht viel von Ihnen, fährt die Journalistin fort, woraufhin die andere nicht weiß, was sie sagen soll. Sie entgegnet irgendwas und will an ihr vorbeilaufen, aber Blandine stellt sich ihr in den Weg, stattlich und groß – und plötzlich fühlt sie sich wirklich klein.

Ich kenne den Inspektor schon lange, nimmt die Journalistin den Faden wieder auf, und es wirkt so, als wolle sie ihr damit drohen.

Er sagt Ihnen alles, murmelt Bérénice, deren Kräfte zusehends schwinden.

Ja, ich weiß genau, wie er denkt, und kenne seine Art, Andeutungen zu machen. Bérénice begreift, dass die andere nur auf ihre Gelegenheit wartet.

Doch genausogut könnte sie sich auch irren. Vielleicht hat Blandine ihre Gelegenheit längst verpasst. Vielleicht hat sie nur noch die Macht, den Kampfplatz zu beobachten und hier und da ein paar harmlose Geschosse abzufeuern. Trotzdem bekommt sie auf einmal große Angst, so als ob die Journalistin Dinge aus ihr herausholen könnte, von denen nicht einmal sie selbst etwas weiß, also auch den Betrug ans Licht bringt oder, schlimmer noch, das Monster, das in der gedächtnislosen Bérénice schlummert.

Doch dann setzt sie der Sache ein Ende und sagt nur Ich muss jetzt los, er wird auf mich warten, muss dann aber feststellen, dass sie dieser Vorwand ins Stadtzentrum führt, also in dieselbe Richtung, in die auch Blandine geht, und dass sie den Weg in das Hotelviertel daher notgedrungen zusammen zurücklegen müssen. So gehen sie also Seite an Seite durch den Regen, die kleine Blonde und die große Rothaarige, über die Drehbrücke, vorbei an den Silos des Nahrungsmittelbetriebs, der fensterlosen Seitenwand der U-Boot-Basis. Die ganze Zeit macht sich Bérénice Vorwürfe, so wenig gesagt zu haben, und stellt sich vor, wie schlagfertig die Romanschriftstellerin Beaurivage an ihrer Stelle in dem Film reagiert und damit immer wieder gezeigt hätte, dass sie in jedem Augenblick Herrin der Lage war.

Der Inspektor war noch nicht wieder im Hotel. Sie wartete auf ihn am Rand des Queensize, ohne auch nur ihren Anorak auszuziehen. Sie hielt das Gesicht in der hohlen Hand und lauschte dem Hämmern ihres Zweifels. Ein oder zwei Stunden vergingen, bevor sie das Klicken der Tür vernahm, die mithilfe einer Magnetkarte vom Korridor aus geöffnet wurde. Sie schaute auf. Er sagte Was ist denn passiert, du hast ja geweint, mein Gott. Da musste sie notgedrungen etwas erfinden.

Dann schrie sie Wenn du wüsstest, was für ekelhafte Dinge sie gesagt hat, ich will sie nie mehr wiedersehen.

Wer sie? Was für Dinge?, fragte der Inspektor, der nichts von alledem begriff.

Na, Blandine, schniefte Bérénice, als sei die Sache sonnenklar. Ich habe sie an dem Bojenfeld getroffen, sie wollte mir alte Geschichten über dich auftischen, die ich nicht hören wollte, aber sie hörte nicht auf zu reden, ich habe mir die Ohren zugehalten, aber sie erzählte immer mehr Einzelheiten, Daten, Ereignisse, nein, ich kann dir nicht mehr dazu sagen, ich will nicht einmal daran denken, warte, ich beruhige mich ja gleich, jetzt ist es schon besser, ich nehme ein Bad, und dann können wir essen gehen.

Sie haben nicht wieder darüber gesprochen. Vielleicht hat der Inspektor der Journalistin Fragen gestellt, als er ihr das nächste Mal begegnete. Es ist unklar, was sie ihm geantwortet hat. Sicher ist nur, dass der Inspektor Bérénice nach der Geschichte bei den Bojen und trotz aller Versuche, die sie unternahm, um das Ganze ungeschehen zu machen, nie wieder genau so angesehen hat wie zuvor.

Es ist wie mit allem anderen auch, am Anfang fällt es nicht auf, da es in der Masse der Dinge, die es zu entdecken gibt, untergeht. Wiederholt es sich jedoch, ist der Zweifel gesät und mit ihm entsteht der Verdacht. Bérénice meidet das Thema Bücher, das Thema Brille, sie gibt vor, bestimmte Lebensmittel zu mögen. Werden sie ihr dann aber vorgesetzt, scheint es, als ob sie sie noch nie zuvor probiert habe. Bérénice erwähnt nie den Namen irgendeiner Stadt oder Person. Sie scheint keine Vergangenheit zu haben. Bérénice interessiert sich im Grunde genommen für gar nichts, alles geht ihr auf die Nerven, und die Unterhaltungen, die mit Begeisterung begonnen haben mögen, stoßen schnell auf eine Mauer des Schweigens. Irgendwann hat der Inspektor genug davon.

An einem Samstag sitzen sie in einem Restaurant mit freiem Blick zum Horizont und betrachten die Speisen, die man ihnen soeben mit ausladenden Gesten serviert hat. Der Inspektor piekt gerade in die Nuss einer Jakobsmuschel, hält sie ein paar Sekunden lang auf der Höhe seiner Lippen und betrachtet die weiche Masse ohne Biss. Dann wandert sein Blick zu der jungen Frau zurück, die vor ihm sitzt, und er fragt, während er mit der Spitze seiner Gabel obskure Formen in die Luft malt Werde ich in deinem Roman vorkommen?

Im selben Moment begreift sie, dass er nicht mehr daran glaubt. Sie begreift auch, dass er seit drei Wochen der Ansicht ist, sie durchschaut zu haben. Diese junge Frau, die nach außen hin so charmant ist, so sehr, dass man gar nicht auf die Idee kommt, näher ranzugehen, deren Lack sich aber bei genauerem Hinsehen als minderwertig erweist. Sie begreift schlagartig, dass es vor ihr eine andere Frau gab und dass nach ihr eine andere folgen wird. Er sagt es nicht, vielleicht denkt er es noch nicht einmal, aber als er ein weiteres Mal die Hand nach dem diskret neben seinem Ärmel abgelegten Zettel ausstreckt und sie ein weiteres Mal keine Anstalten macht, nach ihrer Handtasche zu greifen, ahnt Bérénice, dass ihre Tage gezählt sind Ja, Mademoiselle, es wäre angebracht, ihn jetzt keine Sekunde aus den Augen zu lassen, sonst wendet der Inspektor seinen Blick schnell ab in Richtung Horizont. Und am Horizont warten viele Frauen, die infrage kommen. Vielleicht sind sie nicht so schön wie Bérénice, dafür aber etwas selbstsicherer und weniger verlogen. Dann würden sich aber auch das Portemonnaie und alle anderen Vorzüge des Inspektors in Luft auflösen, sein starker Arm, seine Schultern und der benachbarte Rest. Das ist menschlich: Wenn man Kontakt zu einem Körper aufnimmt, gewinnt man die ganze Person lieb. Menschlich, aber nicht zwangsläufig. Das heißt, manchmal kommt es auch vor, dass man sich wieder distanziert, wenn man zu vertraut wird miteinander.

Einige Tage später kündigt der Inspektor dann nach einer raschen Besteigung der Romanschriftstellerin auch tatsächlich an Übrigens, ich werde nicht mehr lange hierbleiben. Während sie in der Erwartung weiterer Erklärungen ihre Haare auf dem Kopfkissen glattstreicht, fährt er fort Ich hatte es dir bereits gesagt. *Sirius* wird in sechs Wochen die Werft verlassen, und es gibt nichts, was mich noch in Saint-Nazaire hält.

Sirius.

Ja, am Ende haben sie es so genannt. Ich hätte zwar *Alpha Canis Majoris* bevorzugt, denn das ist sein wissenschaftlicher Name, der erste Stern aus dem Großen Hund, aber das würde alles nur komplizierter machen, weil Sirius gleichzeitig auch zum Winterdreieck gehört. Kurz, es gibt nichts, was mich noch hier hält, und ich mache gleich mit einem anderen Auftrag in Marseille weiter.

In Marseille, wiederholt sie, um Zeit zu gewinnen.

In Marseille, bestätigt er in ähnlicher Absicht.

Es folgt ein langes Schweigen, in dem jeder hofft, dass der andere etwas sagt. In ihrem Kopf zählt sie eins und eins zusammen, Saint-Nazaire, Hafen, Marseille, Buch, und noch bevor sie Zeit hat, Luft zu holen, sagt sie schon Ich muss auch nach Marseille.

Ich dachte, du musst hierbleiben, um an deinem Roman zu arbeiten.

Ach nein, ich habe meine Meinung geändert. Die Gegend hier liegt mir überhaupt nicht, ich brauche Menschen um mich, das Aufregende der Großstadt, ich habe es dir ja neulich schon erklärt – sie hat ihm nie irgendetwas erklärt –, also ich habe dir ja neulich schon erklärt, ich habe festgestellt, dass es hier nicht gut läuft. Erst schwankte ich noch zwischen Marseille und, ich glaube, Lyon oder Bordeaux, aber Marseille ist besser, und da du ja so oder so hinmusst, könnte ich dich begleiten, ja, das ist eine ausgezeichnete Idee, ich packe meine Sachen und wir fahren Montag oder Dienstag los, wie es dir lieber ist.

Marseille

(Anfang Januar)

Nachdem einige seiner schwachen Gegenargumente von ihr systematisch abgeschmettert worden sind, essen sie acht Tage später am Alten Hafen von Marseille zu Abend. Die Spaziergänger bewegen sich in dichtgedrängten Gruppen an der Uferpromenade entlang, halten an, um das Menü der Restaurants zu kommentieren oder das, was in den von Ligusterhecken umschlossenen Terrassen auf den Tellern liegt, und stellen dann lautstark gnadenlose Vergleiche an. Doch der Inspektor und die junge Frau achten nicht auf die Geräuschkulisse am Alten Hafen. Zu ihren Ohren dringt nur das Klappern des Bestecks beim Zerschneiden der Tintenfische auf ihren Tellern, traurige Kopffüßer, die zwischen geschälten Tomaten schwimmen.

Um von Saint-Nazaire nach Marseille zu gelangen, siebenhundertvierzig Kilometer Luftlinie, fünfundsechzig Zentimeter auf einer Straßenkarte im Maßstab von eins zu elfhunderttausend, hätte man über Paris reisen müssen. Das hätte zwar einen Umweg von ungefähr vierhundert Kilometern bedeutet, aber mit dem Zug gab es keine andere Möglichkeit. In Anbetracht der Tatsache, dass sie ihr Gepäck bei sich hatten, was nicht gerade gering ausfiel, da zu dem bis obenhin mit Kleidung vollgestopften Koffer von Mademoiselle noch die gesamte Berufsausstattung des Inspektors kam, nahmen sie daher lieber das Auto. Damit mussten sie an Nantes, Angers, Bourges und Clermont-Ferrand vorbei und dann ohne besonders aufregende Zwischenstopps bis Montpellier weiterfahren, um dort ein letztes Mal in östlicher Richtung abzubiegen. Die Landschaften überwucherten den Film ihrer Erinnerungen nach und nach mit einem Geflecht aus Schnellstraßen, gelben oder grünen Feldern, aus denen hier und da bemerkenswerte Gebäude herausragten – Kirchen, Kathedralen, Burgen, Wassertürme nach parabolohyperbolidem Entwurf, wie der Inspektor zwischen Saint-Flour und Caint-Chélyd'Apcher kommentierend bemerkte.

Sie kamen gegen 22 Uhr in Marseille an, ermattet von zahllosen Diskussionen, die an jeder Kreuzung aufkamen, bei denen es ganz allgemein um die Begriffe rechts und links ging, die offensichtlich immer anders interpretiert werden konnten, manchmal sogar gänzlich austauschbar zu sein schienen. Weil sie die Straßenkarte in der Hand hielt, konnte er es nicht unterlassen, sich über ihre antizipatorischen Fähigkeiten zu mokieren, so als hätte sie jedes einzelne Zu- und Ausfahrtsschild, ja als hätte sie die gesamte Zukunft vorhersehen müssen. Was das Thema rechts oder links anging, ließ sie ihn gewähren und triumphierte dann lieber stillschweigend.

Tintenfische schmecken vorzüglich, sind allerdings mit der Unannehmlichkeit verbunden, dass man sie zerteilen muss. Man muss ihren hellen Bauch öffnen und dabei das Messer zwischen den ängstlich aufgerissenen großen Augen ansetzen. Nie zuvor hat sie diese erbarmungswürdigen kleinen Tintenfische probiert, die nichts mit den gummiartigen Calamari gemein haben, die in den Firmenkantinen angeboten werden. Der Blick des Inspektors ihr gegenüber schwenkt vom Inneren des Saales zu seinem Telefon auf der Tischdecke, dann wieder zur Toilettentür.

Seit sie in Marseille angekommen sind, ist er jeden Morgen zum Großen Seehafen gegangen. Am ersten Tag bestand sie darauf mitzukommen. Der Inspektor hielt seinen Wagen vor der Schranke und reichte dem mit einer fluoreszierenden Weste bekleideten Wärter, der vor seiner Kabine stand, die Akkreditierung. Dieser prüfte das Dokument sorgfältig und meinte dann Perfekt, aber Mademoiselle kann nicht mit rein. Sie beugte sich über den Inspektor, setzte ein sanftmütiges Lächeln auf und erklärte Ich bin seine Begleitung und ich bin Romanschriftstellerin, ich recherchiere für mein Buch, ich verspreche Ihnen, niemanden zu stören. Aber der Wärter wiederholte Der Zutritt ist unbefugten Personen nicht gestattet, man muss drei Wochen im Voraus einen Antrag stellen und plausible Gründe vorweisen, und ehrlich gesagt glaube ich nicht, dass dies auf Ihre zutrifft. Ich habe es dir ja gesagt, meinte der Inspektor seufzend und wollte den Wagen wenden, um sie zum Hotel zurückzufahren.

Bérénice sträubte sich. Sie sagte Entschuldigen Sie mal, ich bin extra hierhergekommen, um meine Recherchen zu machen, bitte rufen Sie Ihren Vorgesetzten. Doch der Wärter und der Inspektor verbündeten sich gegen sie und beriefen sich auf die Hafenordnung, die in Fragen der Sicherheit sehr streng sei. Außerdem gebe es hier für Touristen sowieso nicht viel Interessantes zu sehen. Wenn sie aber unbedingt wissen wolle, was in den Containern sei, die wie rote und blaue Legosteine auf dem Erdwall aneinandergereiht lagen, solle sie ins nächstbeste Einkaufszentrum gehen, schlug ihr der Wärter vor, anstatt Auf Wiedersehen zu sagen.

Sie hätte beinahe geweint. Durch ihre Haare hindurch beobachtete sie den Inspektor in der Hoffnung, er würde doch noch weich werden. Als er jedoch keine Anstalten machte, riss sie sich zusammen und meinte Nun gut, dann geh ich jetzt. Sie wollte nicht, dass er sie in die Stadt zurückbringt, und so fand sie sich ganz allein am Rand der Schnellstraße wieder. Sie stieg über die Leitplanke, kletterte auf den Erdwall und ging näher an das rautenförmige Gitter heran, das ihr die Sicht auf die Kais, die großen türkisfarbenen Ts der Turmgerüste und das in der Morgensonne schimmernde Meer versperrte. Sie lief eine Ewigkeit an dem Gitter entlang und suchte nach einem Loch zum Durchschlüpfen, das die Hasen zwischen zwei Pflöcken gegraben haben könnten, aber der Bereich war hermetisch abgeriegelt. Hier und da erspähte sie die Seitenwand oder das Heck eines Fährschiffs, das mit Containern beladene Deck eines Superpostpanamax – vielleicht war es genau dieses, das der Inspektor inspizieren sollte, so wie er es ihr angekündigt hatte, als sie hierhergekommen waren –, und sie begriff, dass er ihr jetzt alles ausschlug, was sie sonst ohne zu fragen bekommen hatte.

Das Hotel befand sich im Joliette-Viertel zwischen dem Alten und dem Neuen Hafen, einer von Kränen durchzogenen Gegend, wo bezugsfertige Gebäude auf ihre neuen Eigentümer warteten. Abgesehen von den Baumaschinen war auf den Straßen unter dem hellen Himmel nichts und niemand zu sehen, und so kam sie in ihrem Zimmer in der siebten Etage an, ohne dass sie jemandem begegnet war. Sie hätte den Tag nutzen können, ihren blassen Teint auffrischen, sich einen Stadtplan besorgen und sich alle möglichen Informationen aneignen können, um sie dann beim Abendessen wieder aufzutischen. Aber wozu. In dem Zimmer hinter der Terrasse, auf der Orangenbäume in Töpfen standen, die so große Früchte trugen, dass sie sie befühlen musste, um zu sehen, ob sie echt waren, in diesem Zimmer war es sehr heiß.

Sie wollte abwarten, bis es vorüber war. Bis was vorüber war, hätte der Inspektor gefragt, denn er legte Wert auf Genauigkeit. Sie hätte geantwortet Bis *es* vorüber war. Dass was vorüber war, hätte der Inspektor nachgebohrt. Sie wären da nie rausgekommen. Besser, diese Unterhaltung fand gar nicht erst statt, sondern blieb in ihrem Kopf, wo gerade so viel Platz war, dass sie sich selbst die Fragen stellen und die entsprechenden Antworten geben konnte.

Als er vom Großen Seehafen zurückkam, fragte er sie eher beiläufig und vermutlich nur, um irgendetwas zu sagen, ob sie heute gut vorangekommen sei. Und zu seiner Überraschung antwortete sie Ja und zeigte auf das Heft, das beim Fernseher lag und tatsächlich etwas abgenutzter wirkte. Der Einband war aufgebauscht, und die Filzstiftspuren am Rand zeugten davon, dass unheimlich viel hineingeschrieben worden war. Natürlich war nicht daran zu denken, dass der Inspektor in diesem Heft las, das nur zu seiner Betrachtung dalag, und natürlich hätte er große Lust gehabt, es dennoch aufzuschlagen. Aber Bérénice ging nie aus dem Zimmer. Um seinen Inhalt zu erkunden, hätte er nachts aufstehen müssen, nachdem er sich versichert hatte, dass die junge Frau tief und fest schlief, er hätte es auf den Korridor hinausnehmen und unter dem nächtlichen Licht lesen müssen, allein, im Stehen, lächerlich. Der Inspektor war viel zu müde, um sich zu so einer Aktion hinreißen zu lassen. Bérénice ihrerseits überließ sich ihren Tagträumen, öffnete dann die Augen und sah zur Decke, um sich dann wieder vom Surren des Ventilators einwiegen zu lassen, dem einzigen Geräusch in diesem ansonsten vollkommen geräuschfreien Zimmer.

Das Telefon auf dem Tisch des Restaurants gibt einen Piepton von sich. Dieses Telefon gibt von morgens bis abends Pieptöne von sich. Jede Art von Piepton. Kurze, lange, Triller, tiefe Töne, denn der Inspektor hat für jeden Nachrichtentyp einen anderen Ton programmiert. Bérénice hat aufgehört, sich daran zu stören, dass das Gerät ständig irgendwo hineinplatzt.

Oder sollte sie sich besser Sorgen machen, grübelt sie, während sie die gekrümmten Tentakeln eines Tintenfischs zerreißt. Marseille, wohin sie dem Inspektor zu folgen beschlossen hatte, besaß aus ihrer Sicht zahlreiche Vorzüge – Die Stadt war neu, das Leben auch und die Journalistin Blandine Lenoir weit weg. Diese aber konnte von ihrem Weggang genauso profitieren, indem sie im Schatten operierte, und wer weiß, was am anderen Ende der Leitung gesagt wurde, vielleicht fügte die Journalistin ihren beruflichen Nachrichten kleine Spitzen zu, um Zweifel zu säen und Bérénice aus dem Leben des Inspektors hinauszukatapultieren. Natürlich war nicht daran zu denken, dass sie die Nachrichten auf seinem Telefon las, und natürlich hätte sie große Lust gehabt, sie dennoch zu öffnen. Doch der Inspektor ließ sein Gerät nie aus den Augen. Um an seinen Inhalt zu gelangen, hätte sie nachts aufstehen müssen, sie hätte es auf den Korridor hinausnehmen und es unter dem nächtlichen Licht überprüfen müssen, allein, im Stehen, lächerlich. Bérénice hatte zu große Angst davor, was sie entdecken könnte, um sich zu einer solchen Aktion hinreißen zu lassen.

Sie rührt vergeblich in der Sauce herum, die Würfel aus Fischfleisch bleiben immer oben. Der Inspektor hinter den Karaffen hat sein Essen nicht angerührt. Er ist vertieft in die Lektüre des Textes auf seinem Telefon.

Etwas brodelt auf Höhe des Plexus. Will in der Speiseröhre wieder nach oben, drängt bis zum Hals, will sich an den Stimmbändern abstoßen und aus dem Mund hinausplatzen. Die Worte würden zwischen den gläsernen Wänden widerhallen, sodass der Inspektor endlich wieder zurückkommt, und er würde sich entschuldigen müssen Es tut mir leid, Liebes, wie unhöflich, ich schalte das Telefon aus und bin ganz für dich da. Ja, das müsste man tun, es wagen zu sprechen, die Stimme zu erheben, und Ja, ich reiche dir gerne den Brotkorb, aber viel lieber würde ich dir meine Gabel in die Fettschicht an deinem Bauch rammen, um dich aufzuwecken, dich daran zu erinnern, dass ich da bin, ich, Bérénice Beaurivage, was muss ich eigentlich noch tun, damit du dich für mich interessierst.

Der Inspektor schlingt seine kalt gewordenen Tintenfische hinunter, dann lässt er seine Hand in die Innentasche seines Jacketts gleiten und holt das Portemonnaie hervor, während sein Blick noch immer auf das Mobiltelefon gerichtet ist.

Ist es so interessant?, fragt sie endlich und klappt unwillkürlich die Kiefer zusammen, ein Impuls, der sie sofort denken lässt, dass sie zu harsch gewesen ist, was sie durch ein kümmerliches Lächeln auszugleichen sucht. Er blickt starr vor sich hin, das heißt in den Innenraum des Restaurants. Diese offene Bestätigung seiner Abwesenheit reizt sie noch mehr. Dann sagt sie Seit vorhin machst du nichts anderes, als auf dein Telefon zu starren, und ich langweile mich. Der Inspektor gewährt ihr einen Blick aus undurchdringlichen Augen, in denen sich die Iris kaum von den Pupillen unterscheiden lässt. Doch als käme es einer kampflosen Aufgabe gleich, wenn sie diesem Blick auswiche, hält sie ihm stand, bis er selbst seine Augen abwendet und auf die roten Flecken auf der Tischdecke richtet. Dann murmelt er Tut mir leid, es ist wegen der Arbeit, ein Artikel, den man mir gerade geschickt hat.

Wer man?, fragt sie munterer weiter, denn dieses seltsame »man« gefällt ihr nicht. Man kommt sich schlau vor mit diesen

»man«s, man denkt, das Problem damit geschickt umgehen zu können, aber in Wirklichkeit wird der Zweifel nur geschürt, bis er Feuer fängt und lichterloh brennt.

Blandine, gesteht er müde ein. Blandine hat mir den Artikel geschickt. Er ist wirklich gut geschrieben.

Die wundervolle Blandine, sagt sie ironisch und legt demonstrativ ihr Besteck auf dem Teller ab. Ganz und gar außergewöhnlich. Ich frage mich übrigens, warum wir sie nicht mitgenommen haben. Wir hätten sie auf den Rücksitz des Wagens setzen können, sie hätte kein bisschen gestört, warum also auf ein so bemerkenswertes Exemplar von Mensch verzichten, das so überaus kompetent und hilfsbereit ist, du solltest sie herrufen, ja, ruf sie doch an, sie wird sicher hocherfreut sein und in den nächsten TGV springen, um zu uns zu kommen, da sie ja ohnehin nichts Besseres zu tun hat, als dich mit ihren Nachrichten zu verfolgen. Wir werden schon ein Eckchen für sie finden, am besten, wir stellen ihr ein Klappbett am Fuß des Queensize auf, los, ruf Blandine an und die Sache ist erledigt.

Wirklich, ich versteh nicht, ich begreife nicht, warum du …

Natürlich begreifst du nicht. Du begreifst nicht, weil es da nichts zu begreifen gibt. Es kommt alles nur aus meiner Phantasie, du weißt schon. Schließlich ist die Phantasie mein Beruf, ich erfinde, ich fabuliere, und währenddessen liest du auf deinem Telefon, du tust so, als würdest du arbeiten, während ihr, Blandine und du, euch hin- und herschreibt. Aber wenn das so ist, dann erkläre mir bitte, warum du wolltest, dass ich mit dir nach Marseille komme.

Verzeih, aber ich glaube, dass du …

Was. Was glaubst du?

Dass du dir die Geschichte ein bisschen zurechtlegst. Nicht ich war es, der …

Dass du was? Wer hat mich dann hierhergeschleppt? Wer?

Ja, du hast mir doch gesagt, ich erinnere mich ganz genau daran, wie kannst du das leugnen, es ist gerade mal acht Tage her, du hast mir gesagt, dass du lieber mit nach Marseille kommst, weil die Umgebung anregender sei.

Das glaube ich kaum.

Ah, das ist ja sehr praktisch. Du glaubst kaum. Wunderbar. Du sagst, was dir gerade in den Kram passt und dann Ach ja, ach nein, ich erinnere mich nicht.

Aber du bist es doch. Du behauptest irgendwas, du findest irgendwelche Entschuldigungen, um mich loszuwerden, um die lästige Person aus deinem Blickfeld zu schaffen.

Hör zu, Bérénice. Ich denke, man müsste. Darüber nachdenken. Überlegen.

Ist der Gedanke zu kompliziert, die Frequenz zu tief oder zu hoch, um die Töne wahrzunehmen? Bérénice hört gar nichts mehr. Sie betrachtet die Gegenstände, versucht die Wörter zu entziffern, die ihr ins Auge springen, das Ladenschild des Restaurants (»Bar Brasserie du Vieux-Port, durchgehende Öffnungszeiten von 12 bis 22 Uhr«), die Biermarke auf dem Rand des grünen Plastikaschenbechers (»Loburg«), die Empfehlungen für den Genuss des Weins auf der Rückseite der Flasche Chardonnay (»zwischen 13 und 15 °C servieren, als Aperitif, zu Fisch oder Krustentieren und weißem Fleisch«). Als sie ihren Blick wieder zum Inspektor hebt, scheint dieser etwas ruhiger zu sein, wie erschöpft nach einer großen Anstrengung, und sie schafft es langsam, Stufe für Stufe, wieder an die Oberfläche der Unterhaltung zurückzukommen.

Wie ein Fisch. Stumm wie ein Fisch, so heißt es doch. Seit fünf Minuten rede ich allein vor mich hin, während du wer weiß wo bist, an wer weiß was denkst, das geht so nicht weiter, und darum sage ich dir, was wir machen werden Wir machen einen Break.

Einen Break. Er benutzt diese Wörter, manchmal kommen sie ihr vor wie die Sprüche eines Marsmenschen.

Ein Break, ganz genau. Wir nehmen uns die Zeit, um nachzudenken, und dann sehen wir uns wieder und ziehen Bilanz.

Break, Bilanz, was redest du da, wir machen weder einen Break, noch ziehen wir Bilanz, denn mir ist kalt, es wird Zeit zu gehen, mir reicht es langsam.

Man könnte meinen, du hast nicht verstanden, was ich gerade gesagt habe.

Man könnte meinen, du erzählst nur Unsinn, warum sollte ich dir also zuhören.

Du hörst mir nicht zu, und du hoffst, dass ich freundlich meine Kreditkarte heraushole und dich ins Hotel zurückbringe. Aber du irrst dich, Bérénice. Ich sage dir jetzt, was wir machen werden Du gehst zurück, und ich suche mir eine andere Unterkunft. Du brauchst gar nicht so ein Gesicht zu machen, ich werde für die Kosten deines Zimmers aufkommen, du kannst noch drei Tage dableiben, denn treffen wir eine Entscheidung.

Ich brauche dein Geld nicht.

Perfekt, dann kannst du ja selbst bezahlen.

Du kannst ruhig noch sagen Es war höchste Zeit.

Das habe ich nicht gesagt, Bérénice.

Aber du kannst es ruhig sagen, ja du kannst es von allen Dächern rufen. Ich hab schon verstanden, dass es sich bei deiner Geschichte mit dem Break nur um die Kohle dreht. Du willst nicht mehr bezahlen. Aber du hättest das einfach früher sagen müssen, ich habe nämlich Geld, meine Taschen sind voll davon, schau doch nach. Und tatsächlich holt sie aus ihren Taschen eine

Handvoll Scheine heraus, fünf, zehn, zwanzig, fünfzig Euro, sie wirft sie auf die Tischdecke zwischen die Tomatenflecken und Brotkrümel, und er sagt nur Hör auf, Bérénice, es reicht, alle sehen schon zu uns rüber, nimm deine Scheine, und bitte, hör auf zu weinen, wir gehen, komm an die frische Luft, es wird dir guttun, ein paar Schritte zu tun.

Er ist nicht wieder mit in das Zimmer in der siebten Etage hinaufgegangen. Trotz der Ausflüchte, die von ihr kamen, als sie auf dem Rückweg die Uferstraße des Alten Hafens entlanggingen, wo die großen Gemäuer keinen Zweifel ließen, dass diese Gegend nach dem Zweiten Weltkrieg errichtet worden war, als sie am gelben Gemäuer der Festung Saint-Jean vorbeiliefen und an den vielfarbigen Seitenflügeln der Major-Kathedrale, trotz dieser Ausflüchte also, die sie einen nach dem anderen vorbrachte, um dann zu behaupten, dass es ihr ganz und gar nicht gutgehe und dass es schwer sein dürfte, zu dieser Uhrzeit noch ein Hotel zu finden, und dass sie doch alle beide in der Lage sein müssten, jeder auf seiner Seite des Queensize die Situation zu besprechen – trotz dieser Ausflüchte ließ er sie an der Place de la Joliette stehen, denn gewiss fürchtete er, dass sie ihm vor dem Mann an der Rezeption eine unangenehme Szene machen würde.

Sie hat daran gedacht, ihm sofort nachzugehen. In diesem verlassenen Teil der Stadt wäre es ein Leichtes gewesen, ihm zu folgen, dicht an den leeren Gebäuden entlang, den stolzen Fassaden à la Haussmann und den Häuserblöcken, die ebenfalls leerstanden. Auf diese Weise hätte sie seine neue Adresse herausfinden können, sie hätte die Chance gehabt, ihn umzustimmen, damit er ihr wieder erlauben würde, sein Zimmer mit ihm zu teilen, sein Auto und alles andere. Doch in dem Moment, als sie sich hätte entscheiden müssen, stand sie wie angewurzelt da, unfähig, auch nur einen Schritt zu machen, und der Inspektor war verschwunden.

Sie ging in das Zimmer hinauf, versuchte zu schlafen, indem sie ihren Atem an die Geräusche der Belüftungsanlage anpasste. Es funktionierte nicht. Sie öffnete das Fenster, weil ihr zu heiß war, dann schloss sie es wieder aus dem entgegengesetzten Grund. Sie schaltete den Fernseher ein und gleich danach wieder ab. Sie stellte sich vor das Waschbecken und zog ihr Nachthemd aus, um zu sehen, ob der Anblick ihrer Nacktheit sie ein wenig beruhigen würde. Unter den Strahlern, die den Spiegel umrahmten, schien es ihr, als sei sie deutlich gealtert. Dann legte sie sich wieder hin, machte sich diesmal aber gar nicht erst vor, dass sie einschlafen könnte. Die Dämmerung, der Morgen kamen, und auch der Nachmittag. Sie ging zur Rezeption hinunter. Der Angestellte informierte sie darüber, dass es zu spät sei, das Zimmer zu machen, aber dass der Herr von neulich vorbeigekommen sei und zwei weitere Nächte bezahlt habe. Sie fragte ihn, ob er eine Adresse hinterlassen habe, wo sie ihn erreichen könnte, was dieser, wie zu erwarten war, verneinte.

Von der Place de la Joliette aus sah sie die von Dunst umhüllte Silhouette einer Fähre der Nationalen Schifffahrtsgesellschaft, die gerade vor Anker lag. Sie nahm den geraden Weg, der in östlicher Richtung zur Rückseite der Major-Kathedrale führte, ein Gerippe aus gestreiftem smaragdgrünem Kalkstein, von dem ein abschüssiger Weg wegführte. In diesem Viertel mischten sich nordafrikanische Großfamilien mit jungen, unkonventionellen Leuten, die durchaus Geld hatten. Unterhalb davon begann wieder das kantige Stadtviertel der Nachkriegszeit. Hinter Bretterverschlägen lauerten junge Männer mit unstetem Blick und boten Gras an. Sie ging wieder zur Uferstraße des Alten Hafens zurück, wo sich zwischen zwei Gebäuden die Form eines Bunkers abzeichnete.

Hohe Bretterzäune umgeben den Bau, hinter denen eine gelbe Staubwolke aufsteigt, die wohl von gleich mehreren Schlagbohrern herrührt. Sie sieht sich die Baustelle aus der Nähe an und stellt fest, dass hier ein Einkaufszentrum aus den siebziger Jahren saniert wird, eine Art fensterloses, mit Asbest gepolstertes Grabmal. In dieser Gegend lungern die Leute ohne festen Wohnsitz herum oder einfach die ohne Wohnsitz. Wie erwartet, sind sie nicht gerade freundlich zu der jungen Frau unter ihrer Kapuze, die mutterseelenallein unterwegs ist. Und sie fordern dann auch gleich Geld von ihr, wollen an die zerknitterten Scheine in ihren Taschen Komm schon, Blondchen, oder du kannst was erleben. Sie läuft schneller, das einzige Mittel, das in solchen Fällen hilft. Sich taub stellen, aber bloß nicht wegrennen, denn damit macht man sich selbst zur Beute. Sie ruft sich in Erinnerung, dass sie Bérénice ist, ja, Bérénice Beaurivage, und dass sie daher nichts zu fürchten hat von diesen Männern, die sich in einer Sphäre bewegen, die mit ihrer Welt nichts zu tun hat, der Straße. Deshalb setzt sie jetzt ihre Kapuze ab und zieht stolz die Schultern hoch.

Keine gute Idee. Eine Hand packt sie an den Haaren und schleift sie zum alten Postamt, wo sich außer den Pennern niemand hinwagt. Dem Schmerz zu widerstehen ist, wie alles andere, auch nur eine Frage der Übung, man muss sich über eine Situation hinweg und in eine Parallelwelt begeben können. Sie wird es zunächst geschehen lassen und sich dann wehren. Mit einem Sprung befreit sie sich von der Hand, die am Reißverschluss ihres Anoraks herumzerrt, stößt sich ab und rennt los, die

Straßenbahnschienen gegen die Fahrtrichtung hinauf, bis zum Neubauviertel. Vor der Major-Kathedrale bleibt sie stehen.

Sie betritt die Kathedrale. Durchquert die Vorhalle, geht bis zum nördlichen Seitenschiff weiter und betrachtet die Stuhlreihen, die von frommen alten Damen besetzt sind. Das Mosaik zu ihren Füßen bildet einen Teppich aus Sternen. Sie schließt ihre Augenlider, öffnet sie wieder, blickt sich dann im Innenraum um und überlegt, in welche Richtung sie gehen soll, weiter vor oder lieber zurück oder doch lieber wieder hinaus, aber es fällt ihr keine Lösung ein. Die Zeit scheint unter dem Gewölbe der Kathedrale mit einem Mal stehengeblieben zu sein. Sie zwingt ihre Füße, ein paar Schritte weiterzugehen. Sie atmet aus, atmet ein, seufzt, gerät außer Atem, fängt an zu schluchzen, sie muss sich jetzt hinsetzen Lassen Sie sie durch, aber da ist niemand, sie stößt gegen einen Pfeiler, greift unwillkürlich nach einer Lehne und lässt sich auf den Stuhl sinken.

Die alten Damen tuscheln in den Kragen ihrer Strickjacke hinein. Ab und an wird das Flüstern durch das Hämmern der Absätze auf dem steinernen Boden durchbrochen. Sie lässt sich von den wiederkehrenden Geräuschen einwiegen, von der erhabenen Wärme der Kirchenmauern umfangen. Später tritt ein Priester auf, der eine genaue Vorstellung von der weiteren Abfolge des Geschehens hat, das er nach seinem Plan in die Hand nimmt. Die alten Damen versammeln sich um ihn und beginnen in schiefen Tönen Gesänge anzustimmen, die von der Kuppel zurückgeworfen werden.

Hinter der Apsis öffnet sich ein U-förmiger Gang in Richtung Seitenschiff, wie man ihn oft in Kirchen findet. Auf der linken Seite befinden sich Kapellen, die verschiedenen bekannten Heiligen gewidmet sind, von denen sie nichts weiß, deren Namen sie nicht einmal kennt. In einer davon, die einer tiefverschleierten weiblichen Figur gewidmet ist, bleibt sie stehen. Die Heilige sieht mit leicht nach rechts gedrehtem Kopf von oben auf sie herab. Was. Was ist. Diese mitleidheischende Miene. Das nervt mich, oh, wie mich das nervt, für wen hält die sich eigentlich, ich muss mir nichts sagen lassen von einer Frau aus Holz, von einer Nippesfigur, die beim nächstbesten Erdbeben, der nächstbesten Revolution umkippt. Und durch diese Unterhaltung frisch gestärkt, verlässt sie die Kathedrale durch den blauen, mit goldenen Sternen übersäten Portalvorbau, einem künstlichen Himmel, der den echten nachzuahmen scheint, der um diese Uhrzeit ebenfalls hell erstrahlt.

Am Fuß der Festung Saint-Jean stehen Erdbagger herum, die mitten in ihrer Bewegung zum Halten gebracht wurden, damit sie am nächsten Tag ihre Arbeit wieder aufnehmen. Sie setzt sich auf die Stufen, die zur Promenade führen, schiebt den Schutt zusammen und wirft ihn dann in die Wasserlauge, in der die Baugeräte warten. Da einer der Steine zufällig weiterspringt, betrachtet sie die Kiesel aufmerksamer. Es gibt ganz verschiedene, weiße, graue, malvenfarbene, rote und grüne, flache und eiförmige, merkwürdig geformte, raue und glatte, aus weichem Kalkstein, aus hartem Granit. Sie fängt an, sie zu ordnen, macht Häufchen, Stapel, neue Haufen, neue Stapel. Sie reiht sie vor sich auf, betrachtet sie einige Sekunden lang, bevor sie die Steine, einen nach dem anderen, ins Wasser wirft, in dem sie mit einem dumpfen Plumpsen verschwinden.

Als sie dann in Richtung Horizont blickt, wird sie von einem großen Glühen über den Wellen geblendet. Sie richtet ihre Augen auf das ruhige Wasser, diese funkelnde weiße Oberfläche, auf die hart die letzten Sonnenstrahlen fallen. Sie geht den Wehrgang an der Festung entlang, eine enge Passage zwischen der Seitenwand des Turms und der Deichbefestigung, bis zur äußersten Spitze. Sie beugt sich über einen Vorsprung in der kleinen Mauer, um das Lichtspektrum auf dem Meer zu beobachten. Doch der Boden unter ihren Füßen ist glitschig, aufgeweicht durch das dickflüssige Brackwasser, und ohne auch nur die Zeit zu haben zu begreifen, was geschieht, rutscht sie ab. Sie schreit, das erste Mal noch zaghaft, dann durchdringender, schließlich fällt sie rücklings gegen die Steinmauer.

Eine zähe Flüssigkeit schmiegt sich warm an ihren Hinterkopf. Auf dem Deich zeichnen sich Gesichter ab, drei oder vier Silhouetten, die an der Maueröffnung gestikulieren. Auf den Steinen ausgestreckt, dreht sie sich zum Horizont hin. Zunächst blendet sie die Sonne, die vom Wasser reflektiert wird. Dann, als sich ihre Augen daran gewöhnt haben, erblickt sie direkt vor sich ein riesiges weißes Passagierschiff. Es gleitet im rechten Winkel an der Reede vorbei, sodass sie den Namen erkennen kann, der zwischen den Hunderten von Bullaugen angebracht ist, die mit trübem Blick und ohne jemals zu blinzeln die Küste abscannen. Den Namen, der mit blauen Buchstaben am Steven angebracht ist und der dem Namen des ersten Sterns im Großen Hund entspricht. So wie das Schiff aufgetaucht ist, so verschwindet es auch wieder in der Abendsonne hinter der Einfahrt zum Großen Seehafen. In ihrem Blickfeld ist nun nichts mehr.

Sie wollten einen Krankenwagen rufen. Ihre Arme, ihre Oberkörper reckten sich über die Mauer, sie hielten Telefone hoch, schienen aber nichts zu erreichen, da sie nicht wussten, ob sie die fünfzehn, die neunzehn oder die achtzehn wählen sollten. Die Zahlen lösten Mademoiselle aus ihrer Erstarrung. Sie hob den

Kopf von den Felsen, befühlte ihren Hinterkopf und betrachtete die blutüberströmte Hand. Oben war das Gedränge noch hektischer geworden. Sie tauchte ihre Hand ins Meer, in dem das Blut in langen, veilchenfarbenen Schlieren abfloss. Dann setzte sie sich aufrecht hin und sagte Ich bin okay, keine Sorge.

Ein junger Mann wagte sich durch die Maueröffnung. Während ihn ein anderer an der linken Hand hielt, kletterte er vorsichtig auf die Steine hinunter und reichte ihr seine rechte Hand, die sie ergriff. Sie stellte sich auf die Füße, ihr war etwas schwindelig, und ließ sich auf den Deich hochziehen, wo sie von weiteren Händen gestützt wurde. Man nestelte an ihrer Schulter herum, hob ihre Haare an, um die schlimme Wunde an ihrem Hinterkopf in Augenschein zu nehmen. Sie protestierte Das ist nichts, so was ist mir schon mal passiert, am Kopf blutet es immer ziemlich stark. Jemand insistierte Sie sollten auf jeden Fall ins Krankenhaus, damit die Wunde genäht werden kann. Doch sie weigerte sich Nein, es trocknet schon, und ich fühle mich bestens, was sie unter Beweis stellte, indem sie auf dem Deich ein paar Schritte ging. Man musste anerkennen, dass es scheinbar ging. Irgendjemand warf dennoch ein, sie könne sich ein Schädel-Hirn-Trauma zugezogen haben, woraufhin sie ihm ihren durchdringenden Blick zuwarf und verkündete Das reicht jetzt. Danach bot ihr der junge Mann von vorhin an, sie zumindest nach Hause zu begleiten, worin sie einwilligte.

Sie band ihre blutgetränkten Haare unter der Kapuze zusammen und ging Arm in Arm mit dem jungen Mann davon, der sie gleich fragte Wo wohnen Sie denn. Da lang, sagte sie und zeigte in die ungefähre Richtung. Sie gingen durch Viertel, die sie nur vage wiedererkannte. Da sie mit dem Weg durcheinanderkam, gingen sie immer wieder im Kreis, sodass sie mehrmals umkehren mussten. Am Alten Hafen machte er den Vorschlag, in einer Bar einen Cognac oder etwas in der Art zu trinken, da er der Meinung war, sie könnte eine kleine Stärkung vertragen. Doch sie wollte keine Zeit verlieren. Sie kamen an kleinen Plätzen vorbei, Arkaden, gingen die Rue de la République hinauf, eine Verkehrsader nach Art des Boulevard Haussmann, von der auf beiden Seiten der Tram gepflegte Straßen abgingen, mit breiten Fußgängerwegen, eleganten Semaphoren und internationalen Ladenschildern, die jeden Ort in ein Niemandsland verwandeln. Die Straße reichte bis zur Anhöhe und änderte ihren Charakter auf der anderen Seite dann vollständig. Vom höchsten Punkt an nahm die Beleuchtung ab, und die Vitrinen verschwanden hinter Eisengittern, verriegelten Türen. Nur der Lichtschein in einigen Etagen verriet, dass hier und da noch irgendwelche Geistergestalten hausten. Wortlos hatten sie dem Wandel der Stadt zugesehen, wie die Bevölkerung verjagt wurde, um Investoren anzulocken, ganze Viertel, die für nichts leergefegt wurden, weil Letztere auf sich warten ließen und die Initiatoren Mühe hatten, die von ihnen sehnlichst gewünschte Vermehrung des Handels mit Super-Hightechtelefonen, unerschwinglichem Kapselkaffee und Bioprodukten in Großmärkten anzukurbeln.

Als sie an der Place de la Joliette ankamen, hatte sie ihre Orientierung wiedergefunden. Vor dem Hotel meinte sie nur Da bin ich. Der junge Mann ging wieder in Richtung der beleuchteten Anhöhe und sie zurück in ihr Zimmer in der siebten Etage, wo sie sofort einschlief. Als der Inspektor am darauffolgenden Tag an der Rezeption erschien, um mit ihr etwas essen zu gehen, hatte sie nicht mehr mit ihm gerechnet.

Ohne sich großartig Gedanken zu machen, führte er sie zu einem Imbiss. Die Falafel hatten den ganzen Tag in ihrem Metalltrog gelegen und waren mit zerknautschten Salatblättern garniert, die Tomaten schmeckten nach gar nichts, nur die Zwiebeln waren noch einigermaßen. Sie teilte einen Streifen Pita-Brot ab, das von weißer Sauce getränkt war, führte es zum Mund und kaute lange daran herum, den Blick ins Leere gerichtet. Wenn er sie nach ihrer Meinung gefragt hätte, wäre sie lieber im Hotel geblieben. Aber er wollte nicht wissen, wonach ihr der Sinn stand, und da sie sagte Keinen großen Hunger, hatte er nur geantwortet Kebab.

Hast du mir nichts zu sagen?, fragte er, nachdem er eine halbe Portion Pommes vertilgt hatte. Und als sie von ihrem Sandwich aufsah und ihm einen verständnislosen Blick zuwarf, teilte er ihr mit Ich habe dich im Internet gesucht, Bérénice, du existierst nicht.

Sie legte das Sandwich auf dem Resopaltisch ab. Es gab einen Moment, da kamen mir Zweifel, fuhr er fort. In Saint-Nazaire, auch Blandine hatte mir geraten, dir nicht zu trauen. Ich bin in eine Buchhandlung gegangen, mit einer Beschreibung von dir, aber die Verkäufer, die ich gefragt habe, konnten mir keine Romanautorin nennen, die darauf gepasst hätte. Ich beschloss, dir zu glauben, und dachte Wir sind eben in der Provinz, die kennen hier nicht alles, und Blandine ist vielleicht auch nicht ganz neutral in dieser Angelegenheit. Dann sind wir hierhergekommen, und du warst dermaßen unmöglich, wie neulich am Großen Seehafen, als du dich so fürchterlich aufgeführt hast, nur damit man dich reinlässt. Da habe ich begriffen, dass sich eine wirkliche Schriftstellerin nie so verhalten würde, und ich habe mich geschämt, ja, ich gebe es offen zu, ich habe mich dafür geschämt, dass du bei mir warst. Danach habe ich den nächstbesten Vorwand gesucht, um Abstand zu nehmen und damit ich ein paar Nachforschungen anstellen konnte. Ich habe mich über mich selbst geärgert, weil ich nicht früher daran gedacht habe: Es reichte nämlich, dich im Internet zu suchen. Denn da kam nichts. Es gibt keine Bérénice Beaurivage. Außer im Kino, in einem Film aus dem Jahr 1993. Du bist eine Figur, eine Figur aus einer dramatischen Komödie, die vor über zwanzig Jahren gedreht wurde, und du bist kein bisschen älter geworden, ich würde sogar sagen, dass du noch jünger wirkst, denn es stimmt, dass du dieser Schauspielerin ähnlich siehst. Nein, tu bloß nicht so, als würdest du an deinem Sandwich ersticken, so leicht kommst du mir nicht davon. Soll ich dir sagen, wie es weiterging? Als mir klar geworden war, dass du lügst, bin ich in dein Hotel gegangen. Der Mann an der Rezeption hat mir versichert, dass du nicht da warst, und ich habe ihm einen Schein zugeschoben, damit er mich in dein Zimmer lässt. Ich wollte dein Heft lesen, Bérénice – da ich keinen anderen Namen habe, nenne ich dich einfach weiter so –, und ich war nicht enttäuscht. Nicht enttäuscht, aber etwas beunruhigt. Vielleicht kannst du mir erklären, was diese Hieroglyphen bedeuten sollen. Man könnte sie glatt für eine Art Chinesisch halten oder, keine Ahnung, Sanskrit. Hast du vielleicht dein eigenes Alphabet erfunden? Oder schreibst du einfach irgendwas, füllst die Zeilen mit Kreisen und Punkten, so wie manche Frauen stricken, nur damit die Hände irgendwas zu tun haben? Ich dachte mir schon, dass du auch dazu nichts sagen würdest. Aber ich bin müde, Bérénice. Ich weiß nicht, was du suchst, ob es das Geld ist oder ob du mir schaden willst. Aber was auch immer es ist, dein Plan hat nicht funktioniert.

Jetzt erstickt sie wirklich. Ihr Brustkorb verkrampft sich, Tränen steigen ihr in die blutunterlaufenen Augen, doch der Inspektor bewegt sich nicht ein Stück, schaut sich das Ganze an, ohne einen Ton von sich zu geben, so als wollte er eine neue Masche zurückweisen, mit der sie ihn in die Falle locken will, um ihm dann noch mehr Geld aus der Tasche zu ziehen. Der Inhaber der Kebab-Bude, der einen tödlichen Zwischenfall in seinem Laden fürchtet, stürzt herbei, um der schönen Kundin zu Hilfe zu kommen, indem er ihr ordentlich zwischen die Schulterblätter klopft, bis sie den Brocken endlich ausspuckt.

Der Inspektor, der die ganze Szene unbeteiligt verfolgt hat, sagt nichts. Er legt nur eben ein paar Münzen in die Metallschale auf der Kühltheke und zerrt dann die junge Frau mit nach draußen, die ihm kaum folgen kann und den Blick nicht von den Rillen auf dem Gehsteig hebt.

Er sagt Du kannst auf keinen Fall länger hierbleiben. Du wirst ja irgendwo eine Familie haben, Freunde. Er schlägt ihr sogar vor, die Rückfahrkarte zu bezahlen: Wenn sie jetzt losgehen würde, könnte sie den Zug um 12:44 Uhr nach Saint-Charles schaffen, müsste dann um 19:33 Uhr in Nantes umsteigen und wäre zum Abendessen in Saint-Nazaire. Die Form unter dem Laken bewegt sich nicht.

Ich frage mich wirklich, fährt er fort, warum ich mich überhaupt noch um dich kümmere. Ich habe mir in dieser Geschichte weiß Gott nichts vorzuwerfen. Ich glaube sogar, dass ich genug getan habe – jedenfalls mehr, als die meisten Leute an meiner Stelle getan hätten. Aber du kannst nicht ewig in diesem Zimmer bleiben. Ich habe die Rechnung bezahlt, aber dein Zeug liegt immer noch überall herum. Also gut, ich pack deine Sachen zusammen, einen Teil in die Kosmetiktasche, den Rest in den Koffer, du musst dich nur noch zum Bahnhof fahren lassen. Du wirst sehen, alles wird besser, wenn du erst einmal im Zug sitzt. Man glaubt, ohne den anderen nicht zurechtzukommen, aber wenn man ihn dann los ist, geht es von allein.

Die Gestalt unter dem Betttuch bewegt sich noch immer nicht. Natürlich könnte er auch an der Rezeption anrufen, bei der Polizei, der Feuerwehr, aber er ist sich nicht ganz sicher, ob es nicht am Ende doch seine Schuld ist. Er hat Angst, dass man sich über ihn lustig macht, dass er zum Gespött wird oder aber dass man ihn beschuldigt, Nun sagen Sie uns schon, was Sie mit dieser jungen Dame angestellt haben, dass sie in einem derartigen Zustand ist, sonst können wir Sie auch gern mitnehmen. Ja genau, das werden sie sagen. Also greift er zu seinem letzten Mittel, was natürlich riskant ist, aber eine andere Möglichkeit, um zum Abendessen zu Hause zu sein, sieht er nicht. Er sagt also Gut, wenn du willst, fahre ich dich nach Paris.

Auch dieser Vorschlag hat keinerlei Wirkung. Hast du gehört, fängt er an zu schreien, ich habe gesagt, dass ich dich mitnehme, aber dazu müsstest du aus dem Bett steigen. Also, es ist ganz einfach, entweder du stehst jetzt auf und kommst mit mir mit, oder aber ich lasse dich hier, und du wirst sehen, dass man nicht zögern wird, dich vor die Tür zu setzen.

Die Gestalt streckt sich. Ein Ohr wird sichtbar, dann ein langes weißes Schienbein, ein Oberschenkel, die Hüften und Brüste, ebenfalls nackt. Die junge Frau stellt sich langsam auf ihre Füße, über ihre Schultern fallen die Locken, sie geht einen Schritt in Richtung Stuhl, auf dem das Kleid hängt, das sie gestern getragen hat. Doch anstatt zur Seite zu treten, um sie vorbeizulassen, stellt der Inspektor sich ihr in den Weg und stößt sie auf das Queensize zurück.

Es würde genügen, Nein zu sagen. Einfach Nein, dieses Wort, das ihr sonst so viel leichter über die Lippen kommt als sein Gegenteil Nein Monsieur, nicht hier, nicht jetzt, gehen Sie weg, hören Sie auf, mir das Blut abzuschnüren. Sie sagt aber auch nicht Ja, sie sagt gar nichts. Und sie schaut auch nicht zur Decke, wie man dies von Frauen in ihrer Lage erwarten würde. Sie betrachtet die Duschkabine, das Milchglas, an dem Tropfen herabrinnen, die sogleich vom Badvorleger aufgesaugt werden. Ein Stoß holt sie in die Gegenwart zurück, und er wünscht sich, sie würde sich in irgendeiner Form dazu verhalten, sei es, dass sie sich damit abfindet, sei es, dass sie sich beschwert oder auch protestiert, nur dass sie wenigstens irgendeine Reaktion zeigt. Da sie aber weiterhin auf die Duschkabine starrt, hört er auf.

Anschließend ist es der Straßenverlauf, der die ganze Aufmerksamkeit des Inspektors in Anspruch nimmt. Nach Vitrolles, Avignon, Montélimar und Valence ließen sie auch die anderen Städte hinter sich, an denen sie ihr Weg in nördlicher Richtung entlangführte. Je weiter sie kamen, desto mehr schien sich die Atmosphäre zu beruhigen, so als würde sich ihre anfängliche Wut auflösen wie Seife im Bad. Ohne auf die elektronischen Warntafeln zu achten, die dazu aufforderten, alle zwei Stunden eine Pause einzulegen, hielt der Inspektor erst nach Lyon an, wobei er kurz entschlossen rechts abbog, um zu einem Rasthof zu gelangen. Die junge Frau zögerte, ob sie ihn in die Tankstelle begleiten sollte, da er ihr kaum mehr Beachtung schenkte als dem Gepäck im Kofferraum. Schließlich stieg sie aus dem Auto, kurz bevor er – schon auf dem Weg zum Laden und ohne einen Blick zurück – die Fernbedienung für die Verriegelung der Türen betätigte. Während er sich in der Cafeteria stärkte, ging sie die vollbestückten Regale entlang, wendete sich dann den Getränkeautomaten zu und wartete auf das Zeichen zur Abfahrt. Er raste den Mittelgang zurück, vielleicht in der Hoffnung, sie auf diesem Rastplatz zurücklassen zu können. Jedenfalls saß sie pünktlich wieder auf dem Beifahrersitz, als der Inspektor den Motor anließ.

Er verhielt sich wie ein Mann, der gerade eine Entscheidung getroffen hatte. Ja, Mademoiselle, er hatte alles geplant: Sobald sie durch die Porte d'Orléans in Paris eingefahren wären, würde er vor der gleichnamigen Metro-Station anhalten, aus dem Kofferraum die Taschen herausholen, das ganze Gepäck, und nach einem kurzen Abschied würde sie in den unterirdischen Gängen verschwinden, die zum Montparnasse führten, von wo der Direktzug nach Saint-Nazaire ging. Wenn sie Ärger machen sollte, würde er sie eigenhändig bis zum Bahnhofseingang zerren, und dieses Mal gäbe es keine Probleme mehr: Er würde eiskalt sein, denn er hatte schon genug getan – mehr jedenfalls als die meisten Leute an seiner Stelle. Und dann würde er ihr nicht einmal mehr einen Blick durch den Rückspiegel zuwerfen, während er sich mit diesem Leihwagen entfernte, den er allein bezahlt hat, genau wie sämtliche Hotels und Restaurants, ohne dass sie auch nur einmal angeboten hätte, sich zu beteiligen, nein, er würde sie nicht einmal mehr im Rückspiegel ansehen, sobald er das Problem an der Porte d'Orléans losgeworden wäre.

Paris

(Januar – Februar)

Das Appartement nimmt die letzte Etage eines modernen Wohnblocks im Impasse de Tanger im 19. Arrondissement ein. So wie das Gebäude insgesamt ist auch die Inneneinrichtung aseptisch, funktional, ohne jede Besonderheit. Zurzeit wohnen zwei Personen unter dieser Adresse, obwohl die Überweisungen ausdrücklich besagen, dass es nur einen Bewohner gibt. Die monatlichen Kosten belaufen sich auf zweitausendzweihundert Euro. Statistisch würde man von diesen Zahlen ableiten, dass es sich bei den Bewohnern um ein Paar handelt, hetero- oder homosexuell, dessen Einkünfte weit über dem Durchschnitt liegen. Oder, falls nur einer der Mieter für die Kosten aufkommt, dieser über ein Budget verfügt, das ihn eindeutig privilegierten Kreisen zuordnet.

Ich habe nur das, was ich verdiene, hat der Inspektor gesagt. Dann warf er mir einen heimlichen Blick zu, und ich begriff, dass diese Bemerkung in Wirklichkeit vorwurfsvoll gemeint war. Ich hätte ihm gern angeboten, meinen Anteil zu übernehmen, mir war jedoch völlig schleierhaft, wie ich jeden Monat tausendeinhundert Euro aufbringen sollte. Deshalb mache ich mich so klein wie möglich. Ich warte, ich betrachte die Wände, die Anordnung der Steckdosen, den Staub, der sich Tag für Tag auf den Fußleisten sammelt, denn die Putzfrau kommt vergeblich dreimal pro Woche vorbei. Zumindest hat sie ihr Gehalt aufbessern können, seit wir zu zweit in diesem Appartement wohnen.

Am Tag nach meiner Ankunft habe ich in den Einbauschränken gestöbert, im begehbaren Kleiderschrank, in der Kommode im Schlafzimmer, von der nur die letzte Schublade nicht aufging. Ich habe mir große Mühe gegeben, nichts zu verändern. Man würde nur ein paar Fingerabdrücke finden, sollte ein vorschriftsmäßiges Verfahren eingeleitet werden. Bislang habe ich allerdings nichts getan, was ein solches Vorgehen rechtfertigen würde. Nein, ich bleibe ganz ruhig, atme so leise wie möglich und hoffe, dass er vergisst, mich rauszuwerfen.

Der Inspektor möchte nicht, dass wir in einem Bett schlafen. Am ersten Abend hat er mir das Schlafzimmer überlassen. Dann hat er seine Meinung geändert und mir gezeigt, wie die Schlafcouch funktioniert. Jeden Morgen räume ich die Bettwäsche in den Einbauschrank in der Diele, um die Unordnung auf ein Minimum zu beschränken. Das Bad benutze ich heimlich, ich esse spartanisch, auch wenn sich dadurch nicht viel ändert. Die Putzfrau füllt den Kühlschrank regelmäßig mit Lebensmitteln, und da der Inspektor meistens auswärts isst, halte ich mich an diese Vorräte, bevor sie im Mülleimer landen.

Wenn ich höre, wie sich der Schlüssel der Putzfrau im Schloss herumdreht, gehe ich ihr entgegen und sage Guten Tag Madame Hernandez, mit welchem Zimmer wollen Sie heute anfangen. Ich gehe dann in ein anderes, um sie nicht zu stören, danach tauschen wir. Da sie mich immer wieder ansah, habe ich ihr eines Tages erklärt, dass ich die Cousine des Inspektors sei, was sie allerdings nicht sonderlich zu interessieren schien. Wenn ich höre, dass es sein Schlüssel ist, der sich im Schloss herumdreht, eile ich ins Wohnzimmer und setze mich hin, lasse aber die Tür halb offen, damit er jederzeit hereinkann, wenn er möchte, oder auch hinaus, im anderen Fall (zu Anfang haben wir ein paar Worte gewechselt, seit zwei Wochen dann kein einziges mehr, aber ich möchte ihm zumindest gern die Möglichkeit dazu geben).

Eines Abends ist er mit einer Frau hergekommen, die ich kurz gesehen habe, als sie in die Küche gegangen sind, um etwas zu trinken. Sie kam mir sehr groß vor, sehr schön, wie sie mich mit ihren länglichen, ruhigen Augen musterte, ich glaubte in ihren Mundwinkeln ein leises Lächeln zu erkennen. Natürlich entsprach sie nicht der Art von Frau, die ich in der Nähe des Inspektors sehen wollte. Allerdings war mein Eindruck, dass ich sie in den Schatten hätte stellen können, wenn mein Kredit beim Inspektor nicht schon aufgebraucht gewesen wäre. Durch den Spiegel, der am Eingang gegenüber der Küchentür angebracht ist, konnte ich ihre ineinander verschlungenen Körper vor dem Fenster beobachten. Der feine Stoff ihres Kleides verriet, dass sie derselben Bevölkerungsschicht angehört wie der Inspektor, und der schillernde Farbton passte seltsamerweise gut zu ihren roten Haaren, die sie kurz trug und die im Nacken spitz zuliefen. Ich verstand ihr Geflüster nicht, das von Lachen durchsetzt war, aber ich fragte mich, ob ich später hören würde, wie sie sich lautstark im Nebenzimmer liebten, und ob es mir etwas ausmachen würde, sie zu hören. Ich beschloss, bis zum Morgengrauen spazieren zu gehen, wenn der Inspektor den Impasse de Tanger verlassen würde, um zu seiner Firma im Quartier de la Défense zu gelangen. Ich war gerade dabei, den Reißverschluss meines Anoraks hochzuziehen, als die Frau im Flur erschien und sagte, dass es wohl besser sei, wenn sie ginge, die Situation sei offensichtlich nicht so, wie sie es erhofft habe. Sie war es also, die ging. Bevor sich der Inspektor schlafen legte, schlug er heftig die Tür zum Wohnzimmer zu, wo ich regungslos saß, die Hand noch immer am Reißverschluss.

Ich habe nur sehr wenig anzuziehen – eine Jeans, ein T-Shirt, ein Paar Turnschuhe. Womit ich sagen will, dass mir jemand all meine Sachen weggenommen hat, als ich in dem Appartement ankam, denn es kann ja schlecht sein, dass ich so ohne alles an der Türschwelle stand. Ohne Vergangenheit, ohne Zukunft. Ich suche nicht nach einer Erklärung dafür, weshalb ich hier bin. Wenn Madame Hernandez mir mit ihrem Staubsauger in den Ohren liegt, schalte ich den Fernseher ein und drehe die Lautstärke auf Maximum. Ich sehe die Soaps, die Tag für Tag ausgestrahlt werden, über extravagante Abenteuer, Prinzen und Bauern von heute, Verführer, die von gewieften Simulantinnen abserviert werden und die eines schönen Tages unter ihrem neuen Namen, mit einem neuen Gesicht, von der Vergangenheit eingeholt werden.

Dann werden die Serien von den Spielen abgelöst, die das Nachmittagsfernsehen dominieren, und ich schalte aus, um mir ein Buch aus dem Regal zu holen. Dort stehen vor allem Abhandlungen über Schiffsbau, aber auch ein paar allgemeinere Bände über Häfen und Hafenstädte. Ich fahre mit dem Finger über Landkarten und lege imaginäre Strecken zurück. Schließlich entscheide ich mich für einen Roman. Der Inspektor hat ungefähr zwanzig davon. Ihr meist makelloser Umschlag lässt darauf schließen, dass sie ihn nicht sonderlich interessiert haben. Ich vermute, dass er sie sich auf Empfehlung irgendwelcher Zeitschriften, die im Wohnzimmer herumliegen, besorgt hat. Er hat sie nicht ohne Grund da stehen, sicher sollen sie zu kultivierten Gesprächen anregen, mit schönen Frauen natürlich, wie die, die erst neulich Abend hier war und der meine Anwesenheit gereicht hat, um sich verscheuchen zu lassen.

Da ich kein Geld habe, kann ich mich nicht frei bewegen. Es kommt vor, dass ich mir etwas aus dem Portemonnaie des

Inspektors nehme, aber ich begnüge mich mit kleinen Summen, damit es nicht zu Verstimmungen zwischen uns kommt. Ich versuche, jeden Tag so wenig wie möglich zu verbrauchen und meine Gedanken auf einen immer kleineren Radius zu beschränken, so als würde ich fast nicht existieren. Aus dieser Übung ziehe ich das befriedigende Gefühl, niemandem zur Last zu fallen.

Trotzdem überkommt mich manchmal plötzlich die Lust zu stören. Gestern Abend zum Beispiel, als der Inspektor gegen zehn Uhr noch immer nicht zurück war, bin ich einfach in sein Zimmer und habe wieder die Schubladen durchstöbert, die Madame Hernandez tadellos aufgeräumt hatte. Und diesmal gab auch die letzte Schublade nach. Was sie zum Vorschein brachte, war die Waffensammlung einer Frau von Welt, wallende Stoffe, von denen die Preisschilder abgerissen worden waren, und mehrere Paar schwindelerregend hoher Absatzschuhe. Mir kam der Gedanke, es könnte sich um die Habseligkeiten einer Verstorbenen handeln, einer ehemaligen engen Freundin des Inspektors, der es nicht fertiggebracht hat, sich von ihnen zu trennen. Und ich stellte mir vor, wie er abends, eingeschlossen in seinem Zimmer, im Schein der Nachttischlampe einen Kult um die Tote veranstaltete. Ich musste lächeln. Dann fragte ich mich, wer diese allzu aufgedonnerte Frau wohl gewesen sein mochte, die sich in derart unbequeme Kleider gezwängt hatte, als würde sie für eine Reportage von *Madame Figaro* posieren. Ich dachte keineswegs, dass er mit mir besser dran sei als mit ihr, aber ich habe mir dann doch gesagt Die wären wir los.

In der Schublade befanden sich auch noch ein abgenutztes Buch mit einem Theaterstück von Racine, Filzstifte und ein Heft, das mit Ornamenten aus Strass verziert war. Die Seiten waren mit einer zierlichen und regelmäßigen Schrift überzogen, die ich allerdings nicht entziffern konnte, da sich die Buchstaben durch einen Sturzbach aus salzigem Regen in lange blaue Schlieren verwandelt hatten. Ich hätte gern den Inspektor danach befragt, aber ich wollte auf keinen Fall zugeben, dass ich sein Zimmer in seiner Abwesenheit durchsucht hatte, und ihn dann fragen, was diese Verkleidungen in der Schublade machen und was in dem Heft stand. Ihm wäre sicher schnell eine Lüge eingefallen. Der Inspektor kennt eine Menge Lügen. Am liebsten reißt er die Augen weit auf und sagt solche Sachen wie Jetzt mal langsam, du weißt genau, wovon ich spreche, weil du nämlich dabei warst, während er doch genau weiß, dass ich nirgendwo gewesen bin und dass ich, wenn er so weitermacht, noch richtig wütend werde. Ja, ich würde lieber das Appartement verlassen, als von ihm irgendwelche Erklärungen zu verlangen.

Es verging noch eine Woche, bis sich der Inspektor eines Abends, nachdem er auswärts gegessen und getrunken hatte, und das nicht zu knapp, entschloss, mir gegenüber deutlicher zu werden. Er blieb auf der Schwelle stehen und sagte Komm in die Küche, wir müssen reden. Ich folgte ihm und setzte mich an den Tisch unter dem Fenster. Der Raum wurde vom Neonlicht über der Spüle erhellt und von der Straßenlaterne im Impasse de Tanger. Der Inspektor holte zwei Flaschen Bier aus dem Kühlschrank, sodass das Licht einen Moment lang auch aus diesem Kasten kam, aus dem ich mich heimlich bediente. Mittags hatte ich mir erst zwei Scheiben Schinken und eine Handvoll Salat aus den bereits angebrochenen Packungen genommen und mir ein bisschen Reis dazu gekocht. Dann habe ich Topf, Teller und Besteck sorgsam abgespült, damit man mir nichts vorwerfen konnte. Durch die Kühlschranktür versuchte ich zu erkennen, ob der Schinken und der Salat an genau derselben Stelle lagen, wo ich sie vorgefunden hatte, bevor ich meinen kleinen Diebstahl beging. Der Inspektor schien sich zu wundern, dass ich so eindringlich in diese Richtung schaute. Er stieß die Kühlschranktür mit einem Ruck zu und knallte die beiden geöffneten Bierflaschen auf den Tisch.

Wir müssen einen Ausweg finden, sagte er direkt. Sein Ton war der eines Mannes, der gerade eine Entscheidung getroffen hatte. Ich sah ihn an. Er atmete lange durch die Nase ein und dann durch den Mund wieder aus, so als versuchte er, sich durch eine Übung zu entspannen. Dann sagte er Wir können so nicht weitermachen, ich kann so nicht weitermachen, aber ich werde dir helfen, dass du wieder Boden unter die Füße bekommst. Heute habe ich mich beim Arbeitsamt informiert, du hast das Recht, eine Ausbildung zu machen, damit du schnell wieder eine Beschäftigung findest. Du musst ein Praktikum absolvieren, und dann wird man dir verschiedene Angebote machen, je nachdem, was du in dem Praktikum gelernt hast. Ich bezahle dir, was du zum Essen brauchst, und übernehme auch deine Kosten für Bus und Bahn. Bis du dein erstes Gehalt bekommst, dann suchen wir dir ein kleines Appartement im Grand-Couronne. Ich kann dir sogar ein paar Möbel geben, damit du nicht bei null anfangen musst.

Ich sagte Welche Art von Beschäftigung.

Erst wirkte er überrascht, dann antwortete er Ich glaube nicht, dass du es dir in deiner Lage erlauben kannst, sonderlich wählerisch zu sein.

Ich sagte noch einmal Welche Art von Beschäftigung.

Er schien so, als würde seine Atmung aus dem Takt geraten. Er gab wenig acht auf seine Worte und polterte los Das ist der Gipfel, vermutlich willst du, dass man dir sofort den besten Posten überhaupt anbietet, bei dem man dir obendrein noch Kekse und Tee serviert? Aber so läuft das nicht, meine Liebe, du musst erst mal zeigen, was du kannst. Ich bitte dich also, freundlicherweise zu diesem Termin zu gehen, den ich für dich auf dem Amt vereinbart habe. Die Infos stehen hier auf dem Zettel: Uhrzeit, Adresse, Name des Beraters.

Er hielt mir eine Einladung mit Briefkopf hin, die auf schlechtem Papier gedruckt war. Ich tat so, als würde ich sie lesen, und legte sie dann auf den Tisch. Einverstanden. Er wirkte erleichtert.

Als der Inspektor in der kommenden Woche aber mitbekam, dass ich nicht hingegangen war zu dem Termin, fing er an zu schreien, er öffnete die Einbauschränke im Flur und warf die Wäsche stapelweise auf den Boden. Dasselbe tat er dann auch im Schlafzimmer, wo er systematisch jede einzelne Schublade leerte. Die Sachen der Toten verteilten sich in allen Ecken des Zimmers. Einen Moment lang schienen sie in der Luft zu verharren, wie leichte, über dem Bett schwebende Fallschirme, dann glitten sie raschelnd zu Boden und bildeten ein Beet aus leeren Stoffhüllen. Ich wandte mich ab und ging hinaus, er aber griff sich ein paar von diesen Sachen und folgte mir damit auf den Korridor, als wollte er, dass ich sie anziehe, vielleicht für ein Gespräch beim Arbeitsamt. Dieses Mal schlug ich selbst die Wohnzimmertür zu.

Als der Inspektor am nächsten Tag aus dem Büro kam, war er milder gestimmt. Er hatte ganz offensichtlich beschlossen, seine Taktik zu ändern, denn nachdem er mich mit in die Küche gezogen hatte, sagte er Wir vergessen das mit der Anstellung erst mal wieder. Nach einer Pause, in der er mich im Ungewissen ließ, erklärte er dann Ich denke, es ist jetzt wichtiger herauszufinden, was mit dir los ist. Du musst zu einem Neurologen gehen, ja, das wäre gut. Ich habe im Internet recherchiert. Der

Gedächtnisverlust kann alle möglichen Ursachen haben. Du hast vielleicht eine Gehirnerschütterung erlitten, eine Hirnverletzung oder auch einen Schock. Oder aber ich war dir von Anfang an scheißegal. Das wäre zumindest die einfachste Erklärung. Solange alles noch unklar ist, will ich dich ein allerletztes Mal gewähren lassen. Bis kommenden Mittwoch, da haben wir einen Termin bei einem Fachmann am Boulevard Saint-Germain, ich werde dich abholen, wenn ich von der Arbeit komme, und dann fahren wir zusammen mit der Metro hin.

Und als hätte er das Gefühl, noch nicht genug getan zu haben, stand er auf, hielt mir einen Zeitungsausschnitt hin und sagte Hier, das war heute in *Le Monde* – zwei Jahre Arbeit in Rauch aufgegangen, ich dachte, das könnte deinem Gedächtnis auf die Sprünge helfen. Ich habe dir auch eine DVD gekauft, meinte er noch, bevor er aus dem Raum ging, und legte sie auf den Tisch Ich habe sie nicht gesehen, aber ich bin sicher, das wird dich interessieren.

Zuerst habe ich mir den Zeitungsartikel vorgenommen. Auf dem Foto war ein riesiges Schiff zu sehen, das im ruhigen Wasser lag, die glitzernde Fassade durchsiebt von runden Bullaugen. Am Heck jedoch erhob sich eine Feuersäule, der eine schwarze Rauchwolke folgte. Die Überschrift lautete »*Sirius* geht am Tag seiner Auslieferung in Flammen auf«. In dem Artikel selbst wird beschrieben, wie das Passagierschiff, das gestern Morgen die Werft von Saint-Nazaire (Loire-Atlantique) verlassen hat, um nach Marseille zu fahren, bei seiner Jungfernfahrt vor diesem zweiten Hafen Feuer fing. Der Brand hatte sich mit schrecklicher Geschwindigkeit auf das erste Deck ausgebreitet und war dann auf den direkt darunter gelegenen Maschinenraum übergesprungen, was noch nicht abschätzbare Schäden verursacht habe, die möglicherweise irreparabel seien. Ich habe nicht auf die Zahl der Opfer geachtet. Ich habe das Bild betrachtet, ich habe so sehr und so intensiv darauf gestarrt, dass sich die Farben in unendlich vielen Punkten auflösten, die in verschiedenen Bildbereichen zusammenklumpten, ein Chaos von Zeichen, die nichts besagten, sie waren einfach nur da, zwischen meinen Händen, so wie sich meine Hand in diesem Appartement im Impasse de Tanger befand.

Danach habe ich mir die DVD gegriffen. Es war ein Spielfilm von Éric Rohmer mit dem ziemlich seltsamen Titel *Der Baum, der Bürgermeister und die Mediathek*, was mich nicht gerade reizte, den Film sofort in das Laufwerk zu schieben. Ich wartete damit, bis der Inspektor am nächsten Morgen zur Arbeit gegangen war. Dann habe ich es mir auf dem Sofa bequem gemacht.

Die Handlung, die mir nicht viel herzugeben schien, basierte auf einer Dreiecksbeziehung zwischen einem Mann und zwei Frauen. In der Hauptrolle war der Schauspieler Pascal Greggory zu sehen, der zunächst mit Arielle Dombasle zusammenlebte, dann aber, nach endlosem Hickhack, eine Beziehung mit Clémentine Amouroux einging. Ich habe gedacht, dass ich dieser Dombasle ziemlich ähnlich sehe, was man mir auch schon mal irgendwann gesagt hat. Aber abgesehen davon enthielt der Film nichts, was mir in Bezug auf meine jetzige Situation hätte weiterhelfen können. Aus Trotz und weil ich bereits alle Romane aus dem Regal gelesen hatte, nahm ich das Theaterstück von Racine – Bérénice – zur Hand, das nicht wieder in der letzten Schublade gelandet war, und überflog es kurz, ich hab eben nicht viel übrig für Tragödien. Dennoch fiel mir die zufällige Namensgleichheit auf, denn auch die Figur, die Arielle Dombasle in dem Film von Éric Rohmer spielte, hieß Bérénice, und da kam mir die Vermutung, dass dies auch der Vorname der Verstorbenen gewesen sein könnte. Madame Hernandez putzte gerade Fenster und wollte, dass ich aus dem Zimmer gehe. Ich zuckte mit den Schultern und ging spazieren.

Vom Kreisverkehr am Impasse de Tanger gehen vier Straßen ab, jede ungefähr in eine andere Himmelsrichtung. Ich hielt mich westlich und lief die graue, vom Verkehr ganz verstopfte Straße entlang. Aber ich hörte den Lärm der Autos nicht, ich hörte nur das Schweigen der Möwen. Seit meiner Ankunft suchte ich zwischen den Geräuschen der Stadt nach denen der Meeresvögel. Manchmal schien es mir, als würde ich in der Ferne einen Schrei hören, und dann stellte ich mir vor, dass ein Einzelner von ihnen von einem Fluss oder Kanal bis hierher gekommen sei. Aber dann begriff ich, dass dieser Schrei aus meinem Kopf kam, und da war mir das Surren der Motoren auf einmal doch willkommen.

Ich lief immer schneller, wie um meinen eigenen Schatten abzuhängen, bis ich endlich an der Place de l'Étoile ankam. Zweimal ging ich um den Bogen herum, unschlüssig, welche der abgehenden Straßen ich nehmen sollte – Hoche, Foch, Kléber, Mac-Mahon, Wagram, Friedland, Iéna, allesamt Namen von Marschällen oder von Siegen, die laut in meinen Ohren widerhallten. Schließlich entschied ich mich für Letztere, weil mir der Klang gefiel, Iéna, ja, warum nicht.

Sie führte mich vor das große A des Eiffelturms. Ich ging an den Trocadéro-Becken entlang, überquerte die Avenue Hussein-Ier-de-Jordanie und die Esplanade des Droits-de-l'Homme-et-des-Libertés, wo sich die Männer, die offensichtlich ihre Freiheiten auskosten wollten, mit ihren Frauen vor dem Objektiv umarmten, bevor sie bei den Straßenhändlern auf die Schnelle eine Miniaturausgabe des A-förmigen Turms kauften. Als ich am Passy-Flügel des Palais de Chaillot entlangging, stellte ich fest, dass sich in diesem Gebäude das Marinemuseum befand.

Der Eintritt kostete fünf Euro. Ich bezahlte und stand auf einmal vor dem Boot des Kaisers, mit senkrecht und exakt parallel zueinander aufgerichteten Rudern. Ein ziemlich lächerliches, mit Gold verziertes Boot, in dem sich Napoleon gern in den Häfen des Kaiserreichs zeigte. Ich stellte mir vor, wie er dort stand und auf die jubelnde Menge am Ufer lauschte, wo Infanteristen mit ihren am Rücken strammgezogenen Bajonetten die Begeisterung der Volksmassen noch schüren sollten. Und ich sah, wie er die Augenlider kaum merklich zusammenkniff, während er auf seinem karnevalesken Schiff in Pose stand.

Im nächsten Raum waren Miniaturmodelle ausgestellt. Die Schiffe der königlichen Marine befanden sich vor meinen Augen, dicht unter meiner Hand hinter dem Glas, zum Greifen nah und doch unerreichbar. Ich kreiste um die hängenden Schiffe wie um eine gefangene Beute, und plötzlich hatte ich ein Déjà-vu. Ich sah mich, wie ich endlose Gitterzäune entlangging und einen Eingang suchte, den es vielleicht gar nicht gab, ohne entscheiden zu können, ob dieses Bild aus einem Traum stammte oder ob ich tatsächlich irgendwann einmal versucht habe, in einen unzugänglichen Raum hineinzukommen, der in meiner Vorstellung unter einem hellen Himmel lag, möglicherweise im winterlichen Licht der Mittelmeerküste.

Ich ging an den Dreimastern vorbei und den Fregatten, betrachtete die Gallionsfiguren, die Sirenen, die lüstern ihre Brüste den Handtellern der Besucher darboten. Dann ging ich in die Abteilung mit den Seeschlachten und Schiffbrüchen. Umschlossen von den Rankenornamenten der Bilderrahmen, sah ich Schiffe, die vom Sturm getroffen wurden, Wasser, das unter den Kanonenschüssen bis zu den Wolken spritzte, und ich konnte die Explosionen hören, das Krachen des Holzes, die Schreie der Seeleute im Meer. Mir war, als würde ich unter meinen Füßen eine Art Schlingern oder Stampfen spüren. Ich trat auf der Stelle, um die Festigkeit des Parkettbodens zu prüfen, aber dieser schien nicht in Gefahr zu sein: Der Boden unter dem Passy-Flügel des Palais de Chaillot blieb vollkommen stabil, und ich hatte das unangenehme Gefühl, dass der Schiffbruch in meinem Inneren geschah. Ich verließ schnell den Raum und fand mich inmitten der französischen Seehäfen wieder, die von Joseph Vernet gemalt wurden.

Ich war umzingelt. Dieppe, Rochefort, La Rochelle, Bayonne, Bordeaux, Sète, Antibes, Toulon, Bandol, Marseille, zehn Bilder um mich herum, im Auftrag Ludwigs XV. angefertigt, der sich das stolze Porträt einer modernen, fähigen Nation in Form von französischen Hafenansichten gewünscht hatte. Ich wollte herausfinden, ob mir beim Anblick der Gemälde irgendetwas auffiel. Unter dem Einfluss dieses Mittelmeerlichts, von dem ich glaubte, ich hätte es zuvor schon einmal gesehen, fragte ich mich, ob ich vielleicht den Süden kenne, und betrachtete eingehend die Reeden von Toulon bis Sète, dann begab ich mich wieder den Atlantik hinauf bis nach Dieppe, fand aber nirgends eine Spur von meiner Vergangenheit. Ich bin nicht dumm. Ich kann mir nicht vorstellen, dass der Maler dreihundert Jahre vor meiner Geburt vorausahnen konnte, dass es mich einmal geben würde, ja, dass er mich eines schönen Tages malte und ich mich im Profil dieser eleganten Dame mit dem breitkrempigen Hut und den üppigen blonden Haaren wiedererkennen würde. Aber ich dachte, dass mir, wenn ich früher schon einmal an einem dieser Häfen gewesen wäre, irgendetwas auf den Gemälden auffallen würde, die Form des Hafenbeckens, die Steine am Kai, die Hügel, die bis zum Meer reichen, und ich mich dann erinnern würde, dort schon einmal gewesen zu sein. Ich betrachtete die Ansichten des Himmels, die etwa zwei Drittel der Gemälde von Joseph Vernet einnehmen. Ich untersuchte das Licht, studierte das Einbrechen der Wärme, die Gewitter, vom Morgengrauen bis zum Sonnenuntergang, konnte aber nichts wiedererkennen von dem, was ich in einer Stadt von früher gesehen haben könnte. Und dann dachte ich, dass mir nichts übrigbleiben wird, als in das Appartement im Impasse de Tanger zurückzukehren. Ich würde mir also für einen Euro und siebzig Cent einen Metro-Fahrschein kaufen, damit ich nicht mit dem Gesetz in Konflikt geriet. Bei meinem Gang durch den Saal mit den französischen Häfen wendete ich mich leicht nach links.

Ich kannte diese Silhouette, die vor einem mittelgroßen Bild, das sie jetzt ganz verdeckte, stehengeblieben war. Ich hatte sie schon einmal gesehen, in genau derselben meditativen Haltung. Der Mann war derart in die Betrachtung des Ausstellungsstücks vertieft, dass man nicht hätte sagen können, ob er sich auf das Objekt konzentrierte oder auf ein Problem, das man so lange hin und her wendet, bis es sich von allen Seiten zeigt. Ja, die Erinnerung steht mir jetzt ganz klar vor Augen, und jetzt habe ich auch die Silhouette des Inspektors wiedererkannt, der regungslos vor den *Schiffen vor der Klippe von Gibraltar* steht, die Chéri Dibreuil im Jahr 1872 gemalt hat.

Die Details entnahm ich dem Schild unter dem Gemälde, als ich mich genähert hatte, um ganz sicherzugehen. Gleichzeitig dachte ich, dass ich mich bestimmt irrte, denn welchen Grund sollte der Inspektor haben, einen Donnerstagnachmittag im

Passy-Flügel des Palais de Chaillot zuzubringen. Doch er war es zweifellos. Ich erkannte ihn an seinem Gesichtsausdruck, als er sich irritiert umwandte, weil jemand in seine Privatsphäre eingedrungen war und störte, hier, mitten in diesem menschenleeren Museum, und er einen verächtlichen Blick aufsetzte, um den Eindringling damit zu strafen, wie ich es oft bei ihm gesehen habe, wenn ich ihm trotz all meiner Bemühungen, dies zu verhindern, im Appartement im Impasse de Tanger über den Weg lief.

Zuerst sagte der Inspektor nichts und ich auch nicht, denn dieses eine Mal war ich sicher, dass ich absolut nichts getan hatte, was er mir hätte vorwerfen können, nicht die kleinste Geste der Annäherung. Wir waren Opfer eines Zufalls geworden, ja, das war der Beweis dafür, dass es Zufälle gab, und ich hätte es ihm auch gern gesagt, wenn er nicht als Erster das Wort ergriffen hätte. Er wurde wütend Was hast du hier zu suchen, findest du nicht, dass es schon nett genug von mir ist, dich auf meine Kosten leben zu lassen, musst du mich auch noch verfolgen? Zum Henker, wann wirst du endlich verschwinden, erklär mir, was ich tun muss, damit du mir diesen Gefallen tust, also los, sag schon, wie viel willst du, nenn mir eine Summe, und ich werde bestimmt nicht verhandeln, ich will einfach nur, dass du mir aus den Augen gehst.

Ich habe geantwortet Ich schwöre dir, ich bin dir nicht gefolgt. Ich schwöre dir, ich bin rein zufällig hierhergekommen, nie hätte ich erwartet, dass ich dich in diesem Museum antreffen würde, und nein, ich will absolut gar nichts von dir. Übrigens verbringe ich meine Zeit damit, mich so klein wie möglich zu machen, lächerlich klein, aber ich kann schlecht aufhören zu existieren, nur weil du es willst, das musst du schon verstehen.

Er fing an zu schreien, mitten zwischen den französischen Häfen. Er rüttelte mich heftig an den Schultern und schrie Dich verstehen? Hältst du mich zum Narren? Ich soll dich verstehen, dabei treibst du mich langsam in den Wahnsinn. Ich traue mich ja schon nicht mal mehr, mich in meinen eigenen vier Wänden aufzuhalten, deinetwegen muss ich mich an meinen freien Tagen draußen rumtreiben, anstatt in meinem Bett zu bleiben und zu schlafen, mit wem ich will. Aber ich werde etwas unternehmen, glaub mir, ich werde die Sozialbehörde informieren, denn ich kann es nicht mehr ertragen, dich zu sehen, wenn ich vom Boden aufblicke.

Stattdessen stürzte der Wärter herbei, um mir behilflich zu sein. Er forderte den Inspektor auf, das Museum zu verlassen Gehen Sie, aber schnell, oder ich rufe die Polizei. Dann wollte er von mir wissen, ob alles in Ordnung sei, und als ich Ja murmelte, nahm er wieder seinen Platz bei den Schiffsuntergängen ein.

Ich betrat den angrenzenden Raum, wo ich zwischen den modernen Gerätschaften herumlief, Zerstörer aus dem Zweiten Weltkrieg, Unterseeboote, Flugzeugträger, Passagierschiffe, Schüttgutfrachter, Containerschiffe – wie in einem imaginären Hafen, der alle Arten von Schiffen in sich vereinte. Ich weiß nicht, wie lange ich zwischen den Vitrinen umherirrte, aber kurz vor 18 Uhr kam der Wärter, um mich darüber zu informieren, dass das Museum demnächst schließen würde. Ich ging Richtung Ausgang.

Vor dem Metroschacht zögerten meine Füße. Ich sollte so spät wie möglich zurückkehren, warten, bis der Inspektor schlief, und mich dann durch den Korridor bis ins Wohnzimmer schleichen, wo ich mich hinlegen würde, ohne die Couch auszuziehen, um nur ja keinen Lärm zu verursachen. Aber ich war viel gelaufen seit dem Morgen, mit jedem Windstoß, der über die Place du Trocadéro strich, ließ mein Mut nach. Ich nahm die Metro, um mich an den zusammengepressten Körpern aufzuwärmen – eine Situation, die ich sonst unangenehm fand, der ich jetzt aber durchaus einiges abgewinnen konnte.

Im Foyer unseres Hauses blieb ich vor den erstaunlich üppigen Pflanzen stehen, deren Blätter ich einmal betastet habe, weil ich wissen wollte, ob sie tatsächlich zu dieser Art von Gewächsen gehören, die sich im Schatten ausbreiten, was ich dadurch bestätigt fand, dass nach einem kleinen Schnitt mit einem Kieselstein etwas Flüssigkeit austrat. Ich beschloss, nicht den Fahrstuhl, sondern die Feuertreppe zu benutzen und mich so lange zu gedulden, bis der Zeitpunkt günstig war, um in das Appartement hineinzuschlüpfen. Doch als ich den Treppenabsatz zur achten Etage, die auch die letzte war, erreichte, hörte ich auf einmal Stimmen. Ich hätte gern geglaubt, dass sie aus meinem Kopf kamen, da sich meine Phantasie oft alle Mühe gibt, Dinge zu erfinden, die ich am meisten fürchte. Aber die Geräusche kamen eindeutig von außen, es waren die Stimmen eines Mannes und einer Frau, und ich erkannte sie ohne den Anflug eines Zweifels. Natürlich hätte ich auf dem Treppenabsatz warten und versuchen können, ihre Worte zu verstehen, um mir eine Strategie zu überlegen. Aber in dem Moment dachte ich nicht nach.

Ich klopfte an die Tür. Sie öffnete sich, so als hätten die beiden schon auf mich gewartet, und ganz unvermittelt bildeten wir ein Dreieck aus vollkommen gleich langen Schenkeln. Meine beiden Gegenüber hatten ungefähr die gleiche Größe: Er war sehr groß, sie durch ihre Absatzschuhe auch. Ihre Blicke mussten senkrechte Zickzackbewegungen machen, um von einem zum anderen zu wandern, während ich meinen Blick nur in einer horizontalen Linie bewegen musste. Mir schien, als hätten sie gestritten. Ich weiß nicht, woran genau ich dies zu erkennen glaubte – ein Schatten der Unzufriedenheit auf dem Gesicht des Mannes, der Ärger in der Miene der großen Rothaarigen. Die Gesichtszüge dieser Frau, die Haltung ihres Körpers, der sofort seine Mitte verloren hatte, ließen den Einsturz des gesamten Gerüsts befürchten. Ich habe das als Pluspunkt für mich verbucht. Wir blieben, denke ich, mehrere Minuten so stehen und musterten uns gegenseitig, um am Ende zu entscheiden, wer von uns beiden hier sein Quartier beziehen, diesen Platz besetzen würde, um von dem Augenblick an über den kleinsten Winkel bestimmen zu können. Sie würde ungehindert an die Schränke gehen können, an die Garderobe, die Schubladen, das Bücherregal, und sie würde auch Madame Hernandez Anweisungen geben und etwa sagen können Heute machen Sie die Fußböden, übermorgen putzen Sie die Fenster, Freitag kümmern Sie sich um die Wäsche und den Einkauf für das ganze Wochenende.

Le Havre

(Februar – Dezember)

Der Inspektor muss sich für eine von beiden entschieden haben, denn als die junge Frau in den Zug stieg, trug sie zweitausend Euro bei sich, die sie gleichmäßig in ihren Manteltaschen verteilt hatte. Zweifellos hatte er befürchtet, dass sie sich in einem Moment der Verzweiflung vor einen Autobus werfen oder über die Brüstung der Alma-Brücke springen könnte und dass ein solcher Unglücksfall sein ganzes Leben lang schwer auf dem Gewissen lasten würde. Jedenfalls ließ er sich, noch bevor er sie zum Bahnhof brachte, um eine hübsche Summe erleichtern, wovon er sich einen Nutzen versprach. Dann wartete er ab, dass sie sich endlich für einen Startbahnhof entschied: Saint-Lazare, um in Richtung Ärmelkanal zu fahren, Montparnasse für den Atlantik oder Gare de Lyon, wenn sie lieber ans Mittelmeer wollte Aber du hast vielleicht gar keine Lust, das Meer zu sehen, warum also nicht Strasbourg. Ich kann dich genausogut an den Gare de l'Est fahren, wenn du wirklich neu anfangen willst.

Sie musste nur in sich gehen und überlegen, und dann sagte sie ohne Zögern Saint-Lazare. Er zog ihren Koffer durch die Einkaufspassage, die in den Wartesaal überging, entwertete die einfache Fahrt für den Zug um 20:50 Uhr und sah sich verstohlen nach der Silhouette rechts von ihm um, um sicherzugehen, dass sie ihm auch wirklich auf den Bahnsteig folgte. Die junge Frau lief zerstreut an seiner Seite und betrachtete die Bäuche der

Tauben, die auf dem Glasdach der Eingangshalle hin und her wippten, während sie eine kurze, rehfarbene Haarlocke zwischen ihren Fingern knetete. Der Inspektor machte vor dem Waggon 7 halt und sagte Da sind wir, du hast den Platz Nummer vierundsechzig. Sie stieg das Trittbrett hinauf. Er hob den Koffer nach oben, doch statt ihn zu ergreifen, sagte sie nur Ich brauche nichts, gib mir nur meinen Mantel, damit mir nicht kalt wird. Er reichte ihn ihr, und sie ging damit in das Innere des Waggons, ohne dem Inspektor auch nur einen Blick zuzuwerfen. Tatsächlich hatten sie einander nicht mehr angesehen, seit sie im Impasse de Tanger losgegangen waren.

Die Landschaft, die sie durch das Fenster sah, wurde nur von kurzen Zwischenhalts an den Bahnhöfen von Rouen, Yvetot und Bréauté-Beuzeville unterbrochen. Der Name dieser Orte stand in weißen Großbuchstaben auf dunkelblauen Schildern, unter denen die Reisenden hastig in Richtung Ausgang liefen, um schnell in die dunklen Viertel jenseits der von der Bahnhofsstation erleuchteten Grenzen zu gelangen. Ihr kam der Verdacht, dass diese Bahnhöfe nur Attrappen sind und sämtliche Passagiere auf dem Bahnsteig nur darauf warteten, dass der Zug wieder abfuhr, um dann in den nächstbesten wieder einzusteigen, der in die entgegengesetzte Richtung zurückfuhr. Dass man sie extra angeworben hatte, um ihr diese Städte vorzugaukeln, sie in dem Glauben zu wiegen, dass sie existierten, wo doch nichts bewiesen war, ja, dass möglicherweise nicht eine einzige Straße hinter der Bahnhofsattrappe abging und dass diese Bühne nur hingestellt worden war, um sie zum Narren zu halten, was mit einem größeren, geheim gehaltenen Plan zu tun hatte.

Der Zug fuhr überpünktlich im Bahnhof von Le Havre ein. Hohe Mauern umgaben die Gleise, über denen die Neonlichter eines Rummelplatzes blinkten, die Leuchtschrift einer Vortex-Achterbahn, eines Loopings, schwindelerregende Attraktionen, die nichts für sie waren, wie ihr gleich klar wurde. Sie folgte den anderen Passagieren zum Ausgang in Richtung Parkplatz, wo sie sich bald allein zwischen der Schnellstraße und drei Bürogebäuden wiederfand. Dünne Wasserfäden fielen vom Himmel, und sie rannte durch den Regen zu einem Stadtplan hin, der in den Beton gerammt war wie ein riesiger Eskimo.

Man sieht sofort, welches die wichtigsten Gebäude der Stadt sind – die Sankt-Josephs-Kirche, das Rathaus, das Polizeipräsidium –, da sie auf der Karte jeweils von einem roten Viereck umrahmt sind. Um in den Stadtteil zu gelangen, wo sie eine Unterkunft zu finden hofft, muss sie die Schnellstraße überqueren. Nicht nur eine, um genau zu sein, sondern drei Straßen, die auf der Höhe des Parkplatzes ineinanderfließen und dann, nicht sichtbar, jenseits der Scheinwerfer wieder in verschiedene Richtungen auseinanderlaufen. Als die Neonlichter hinter der jungen Frau eines nach dem anderen erlöschen, biegt sie scharf ab in Richtung Straße und eilt in die Innenstadt, auf die Vierecke zu.

Alle Städte, die nach dem Zweiten Weltkrieg wiederaufgebaut wurden, ähneln sich in gewisser Weise. Die Hauptverkehrsadern tragen den Namen der Generäle de Gaulle oder Leclerc, oder sie heißen Libération, gefolgt von den unvermeidlichen Victor Hugo und Jean Joseph. Die Häuserfassaden beschränken sich auf eine überschaubare Anzahl von architektonischen Funktionselementen, die einem vorgefertigten Bauplan folgen.

In einem solchen Gebäudekomplex macht sie ein Hotel ausfindig. Sie geht durch die Sicherheitstür. Eine Neonleuchte wirft ihr Licht auf den braunen Linoleumboden und die orangegelb gestrichene Tapete. Die Besitzerin ist eine Frau in mittleren Jahren und ziemlich herausgeputzt, wie dies mitunter passiert, wenn Leute sich zu sehr gegen die Einflüsse der Großstadt wehren. Die Wanduhr, an der zwölf verschiedene Vogelarten die jeweilige Stunde verkünden, zeigt 23:30 Uhr an. Ich hatte mich gerade schlafen gelegt, informiert die Besitzerin sie trocken und holt ihr Registerbuch hervor, um die Formalitäten zu erledigen. Die Kundin füllt die Kästchen aus und folgt der anderen in einen langen Korridor. Diese äußert ihre Verwunderung darüber, dass die junge Frau gar kein Gepäck bei sich habe, und hofft wohl, durch diese Bemerkung die Gründe und die Dauer ihres Aufenthalts zu erfahren. Dann sagt sie noch, dass die Nächte im Voraus bezahlt werden müssten. Verstehe, erwidert die Kundin, lässt die Tür zum Zimmer mit der Nummer 17 zufallen und dreht den Schlüssel zweimal herum.

Das Zimmer ist eine Art Würfel, das in seiner Gestaltung an ein Fürst-Pückler-Eis erinnert: aschgrauer Teppichboden, die Wände zur Hälfte holzgetäfelt, dann ein farbloser Ton bis zur Decke, wie dies auch gern in Altersheimen gemacht wird, um die Empfindlichkeit der alten Leute zu schonen. Bei geschlossenen Rollläden herrscht in dem Raum eine amniotische Hitze. Sie betritt das Badezimmer, in dem sich nur die Armaturen vom Rest abheben – Zwischenwand, Fliesen, Sanitäranlagen, Duschvorhang, Handtücher, Heizkörper: alles in Weiß. Dann geht sie in das Zimmer zurück und betrachtet eingehend die Möbel: ein Schreibtisch, wo auf einem Blatt Papier Informationen über die Funktionsweise des Telefons und die Evakuierung im Brandfall stehen, zwei Plastikstühle und ein erstaunlich kuscheliges Bett. Man kann sich ausstrecken und gemütlich das Programm im Fernsehen verfolgen, da das Gerät mit einer verstellbaren Halterung aus Metall an der Wand befestigt ist, wie in einem Krankenhauszimmer.

Alles läuft wie von selbst. Gegen acht macht sie die Augen auf, dann wäscht sie sich gründlich im Bad, wobei sie ausgiebig von der Seife und den beiden Päckchen Duschgel Gebrauch macht, die neben dem Waschbecken liegen. Das Frühstück wird im Saal unten im Erdgeschoss serviert. Auf jedem Tisch steht ein Sträußchen künstlicher Hahnenfuß, liegen fächerartig gefaltete, heckenrosenfarbene Servietten. Sie setzt sich ans Fenster, während die Chefin die anderen Kunden bedient, deren Unterhaltungen sie zerstreut verfolgt. Den Wortfetzen glaubt sie entnehmen zu können, dass die Leute am Großen Seehafen arbeiten, wofür immerhin ihr Geschlecht spricht – es sind ausschließlich Männer – und auch der Umstand, dass sie sich sofort wieder den Stapeln von technischen Dokumenten und ihren Telefondisplays zuwenden, nachdem ihnen das Frühstück serviert wurde. Keiner bemerkt die junge Frau, die in Rente gegangen zu sein scheint oder sich im Streik befindet. Man könnte meinen, dass sie mit dem Orange-Gelb der Tapete verschmilzt.

Sie trinkt ausschließlich Kaffee. Daran wird sich auch nichts ändern, solange sie hier ist, zwecklos, sie jeden Morgen zu fragen, was sie trinken möchte. Wenn der Fruchtsaft nicht frisch gepresst ist, lässt sie ihn unberührt stehen und begnügt sich mit ihrem Butterbrot, das sie in ihre Tasse tunkt, während sie auf das menschenleere Pflaster starrt. Im Laufe der Tage ermutigt sie die Chefin – Martine? Odile? Nicole? –, sie solle sich doch einmal die touristischen Attraktionen der Stadt ansehen, die Sankt-Josephs-Kirche, das Museum für Impressionismus, das in einem typischen Nachkriegsbau beherbergt ist. Die Kundin erwidert tatsächlich, das höre sich interessant an, ich werde Ihren Rat befolgen. Doch am nächsten Tag ist es wieder die gleiche Leier, sie sei gehindert worden, das Wetter, ein Seitenstechen, Sodbrennen, ich bin lieber hiergeblieben und habe mich ausgeruht, das war klüger, aber heute werde ich ganz bestimmt hingehen.

Nach dem Frühstück geht sie wieder nach oben, wo das Zimmermädchen – Roselyne? Maryvonne? Rose-Marie? – gerade staubgesaugt hat. Auf der Ablage am Treppenabsatz liegen vergilbte Zeitschriften und ein Stapel verschiedenartiger Broschüren, in denen das Kulturleben des Departements angepriesen wird, ein Vogelführer für Amateur-Ornithologen und ein schmales gräuliches Bändchen. Auf dem Einband ist ein Wappen mit einem feuerspuckenden Salamander zu sehen, der sich über ein anderes Tier erhebt, dessen Art nicht auszumachen ist. Er ist aufgerichtet wie ein Bär, hat aber einen hervorstehenden Kiefer, der nicht zur Natur des Sohlengängers passt. Der Titel besagt, dass es sich um eine Art Tagebuch handelt, *Le Havre während der Belagerung. Erinnerungen vom 1. bis 12. September 1944.* Sie schlägt das Buch auf und bleibt bei einer Schwarz-Weiß-Fotografie hängen, auf der ein Berg von Schutt zu sehen ist, aus dem nur ein wackeliger Kirchturm hervorragt. Vom Ende des Flurs her kann man das Glucksen des Staubsaugerschlauchs hören, dann räumt Roselyne das Gerät in den Schrank am Treppenabsatz zurück. Sie steckt den Band ein und geht in ihren Pückler-Würfel zurück.

Das Zimmermädchen hatte die Rollläden geöffnet, da sie es für ratsam hielt, den Raum zu lüften, aber sie schließt sie sofort wieder. Und sofort wird das Tageslicht vom künstlichen Licht der Elektrolampe verschluckt. Sie streckt sich auf der Bettdecke aus, schließt die Augenlider und lauscht auf die Geräusche. Da ist das Kreischen der Möwen, die ihre Runden drehen über dem Hof, wo der Haushaltsmüll gelagert wird, die ununterbrochenen Bremsgeräusche auf der Parallelstraße, hier und da Stimmen, ein Hausmeister, der einen Kollegen wegen irgendwelcher

Mülleimer anherrscht. Sie versucht, in dem Auf- und Abschwellen der Geräusche Regelmäßigkeiten zu erkennen und die Vibrationen so weit einzudämmen, dass sie ihr ebenso vertraut sind wie das Brummen im Innern ihrer Ohren. Dann fängt sie an zu lesen.

Es ist ganz still, niemand sagt etwas. Man könnte die Flügelschläge der Fliegen hören, wenn sie sich bewegen würden. Doch die Insekten geben keinen Laut von sich, so wie alle Tiere und vor allem die Menschen. Sie warten, regungslos. Es wird etwas geschehen, und sie wissen, dass es sie alle verwandeln wird, so wie sich auch die Gestalt der Stadt verwandeln wird, der Straßenplan, das Aussehen der Häuser, bis hin zur Felskante, die im Ärmelkanal versinkt. Sie müssten fliehen. Der Befehl kam jedenfalls von der Kommandantur, man müsste das Stadtzentrum evakuieren, bevor die Luftangriffe einsetzen, daran gab es keinen Zweifel, es war nur eine Frage der Zeit. Aber die Einwohner sind zu Hause geblieben, hinter ihren geschlossenen Fensterläden, und warteten, dass es passierte, dass es vorüberging.

Es wird eine neue Sintflut kommen, aber dieses Mal wird sie als Feuersbrunst kommen, nicht in Gestalt wogender Wellen, und die Überlebenden werden nicht die Stärksten sein, die Macht des Zufalls wird über sie entscheiden, ohne Rücksicht auf Alter, Geschlecht oder Verdienst. Das Schreien der Sirenen kündet die Bomber schon an. Die Alliierten rücken näher und fangen an, alles niederzureißen, das Stadtzentrum in Schutt und Asche zu legen, um die Besatzer davonzujagen, um die Hafenanlagen außer Betrieb zu setzen ebenso wie die wirtschaftliche Infrastruktur.

Dann rennen die Leute in die Unterschlüpfe, in die Keller der Gebäude, die Gräben, die sie in der Nähe ihrer Häuser gegraben haben, die Tunnel unter den Felsen. In den dunklen Höhlen lauschen sie den Motoren, die Geschosse auf ihre Möbel abfeuern, ihre Habseligkeiten, all die wertvollen oder lächerlichen Dinge, die sich im Lauf der Zeit angesammelt haben und die ihr Zuhause zu dem machen, was es ist. Sie denken nicht daran. Sie klammern sich einer an den andern, und es ist ihnen egal, was mit ihrem Geschirr passiert, mit ihrem Krimskrams, den Bildern und Fotografien, die von den Wänden fallen und sich mit dem Schutt vermengen.

Innerhalb weniger Stunden wird mit modernster Technik jeder noch so kleine Winkel einer Stadt zerstört, vom Fußboden bis zum Speicher. Die Steine bröseln herab. Noch Tage, nachdem die Flugzeuge über die Häuser hinweggeflogen sind, steigt Rauch aus den Trümmern auf. Da begreifen sie das ganze Ausmaß des Schreckens und sind doch erleichtert, den Bomben entkommen zu sein. Jetzt erst fangen sie an, die Toten zu zählen und den Schaden zu bemessen. Die materiellen Besitztümer, natürlich, aber auch die Landschaften, die Straßen, die ihr Leben umgeben hatten – alles auf einen Schlag ausgelöscht, wegradiert von der Landkarte und irgendwann auch aus der Karte in ihrem Kopf, denn nichts mehr ist da, was den Ursprung ihrer Erinnerungen bezeugen könnte.

Das Buch hat etwa hundert Seiten, für die man ungefähr zwei Stunden braucht, bis zum Mittag also. Danach passiert nichts. Sie liegt auf dem Bett und durchlebt hinter ihren geschlossenen Augen noch einmal die Sintflut von 1944, sie streckt sich ein wenig, trinkt aus dem Plastikbecher auf dem Nachttisch, den Roselyne täglich auswechselt.

Die Hotelgäste kommen gegen 18 Uhr auf ihre Zimmer. Wassersäulen setzen sich in Bewegung, im Korridor wird gestritten,

Türen werden zugeschlagen. Als wieder Ruhe herrscht, schleicht sie sich aus Nummer 17 und schlängelt sich zwischen den Pizzakartons, die man zur Freude der Etagennachbarn dagelassen hat, hindurch. Niemand hört, wie sie die Treppe hinuntergeht, die mit einem geblümten Teppich ausgelegt ist, und auch nicht, wie sie leise die Hoteltür hinter sich zumacht.

Es ist Winter, die Dunkelheit bricht früh herein. Sie erkundet die Straßen, die auf den Trümmern errichtet wurden, überquert rechtwinklige Kreuzungen, geht überdachte Passagen entlang, die zu einem großen Platz führen, der von zwei wie Joghurtbecher geformten Hügeln umschlossen ist. Ein paar Restaurants hier und da. In einem von ihnen verschlingt sie Vorspeise, Hauptgericht, Käse, ohne besonderen Wert auf die Zusammenstellung ihres Menüs zu legen. Auch den Signalen, die diverse alleinstehende Männer aussenden, schenkt sie keinerlei Beachtung.

Am darauffolgenden Tag spielt sich das gleiche Szenario noch einmal ab. Sie wälzt das Buch, als wäre es das erste Mal, und bald schon setzt ihr Gedächtnis die Wörter von allein an den richtigen Platz. So wiederholen sich die Tage auf ein und dieselbe Weise – bis zum zwölften Tag. Dieser brachte, so steht es im Buch, aber auch in den Geschichtsbüchern, das Ende der Besatzung.

Die Befreiung erfolgt an einem Montag. Zum ersten Mal verlässt sie das Hotel bei Tageslicht. Die Kanten der Gebäude heben sich vor dem gelben Himmel ab, schräg fallen die Sonnenstrahlen auf die schachbrettartig angeordneten Häuserblocks. Durch die überdachten Passagen gelangt sie zum Platz mit den Joghurtbechern und geht zum Mahnmal für die Toten. Dann blickt sie sich zur Sankt-Josephs-Kirche um, mit dem schlanken Glockenturm, der sich wie ein Wolkenkratzer in die Höhe reckt. Doch ihre Schritte, die dicht an der Fassade entlangschleichen, sind unsicher geworden, ihr ganzer Körper scheint an den Mauern nach Halt zu suchen. Sie lehnt sich an die Schaufenster einer Immobilienagentur, um Luft zu holen. Vielleicht hat sie ihre Kräfte überschätzt, vielleicht hätte sie noch acht Tage länger in der amniotischen Hitze von Nummer 17 bleiben müssen. Sie erwägt, sich in ihrem Zimmer zu verkriechen, sie schließt die Augen und hält sie in die Sonne. Dann geht sie, ohne die Augen wieder aufzumachen, in Richtung Kirchturm. Durch die Sohlen kann sie die Beschaffenheit des Bodens spüren, der in ihr Widerhall findet, bis hinauf zu den Knien, den Hüften, und dann sein Auf und Ab an die Arme weitergibt, seine rhythmische Bewegung an den Kopf, und endlich kann sie die Augenlider wieder heben.

Der spindelförmige Turm ragt fünfzig Meter in die Höhe. Die Kirchturmspitze ist aus Stahlbeton, die elegante mineralische Hülle mit geometrisch gestalteten Kirchenfenstern versehen. Sie betritt den zentralen Raum, wie ihn das nach einem griechischen Kreuz geformte Gewölbeprofil des Gebäudes erzeugt, wobei die Tiefendimension bewusst zugunsten der Vertikalen eingeschränkt wurde, womit man wohl die spirituelle Dimension des Bauwerks betonen wollte. Das Licht dringt über den mit zahlreichen Fenstern durchsetzten Turm ins Innere und projiziert auf die Gesichter der alten, ins Gebet vertieften Frauen vielfarbige Strahlen. Sie betrachtet die beweglichen Flecken auf den Wangen und den Stirnen, nähert sich den religiösen Bildnissen, die hier und da einen Altaraufsatz zieren, über einem Relief hängen, aber es ist immer das gleiche Szenario: leidende Gestalten, die sterbend im Arm der Mutter liegen. Sie verlässt die Sankt-Josephs-Kirche.

Die Küste hat hier wie alle Städte, die am Meer liegen, einen Strand, einen Yachthafen, Landungsstege, die von den Wellenkämmen ganz ausgewaschen sind. Der Leuchtturm markiert den

Eingang zum Großen Seehafen, davor steht ein langgestreckter, vollständig verglaster Parallelepiped. Das Museum. Die Hotelchefin hatte dessen Sammlung impressionistischer Gemälde erwähnt, die zu den bedeutendsten weltweit gehört. Die Maler der damaligen Zeit hatten sich immer wieder von dem seltsamen Licht hier an der Küste inspirieren lassen. Die junge Frau kennt die Impressionisten. Alle Welt bewundert diese Maler, deren Reproduktionen Abertausende von Dingen im kultivierten Westeuropa verkitschen – Kugelschreiber, Briefbeschwerer, Essgeschirr, Aschenbecher, Badvorleger, Kissenbezüge, auf Containerschiffen werden sie über alle sieben Meere geschickt, kurz, sie kennt diese Maler, und sie verachtet sie allesamt, egal ob Monet, Pissarro, Cézanne, Sisley, diese Bruchstücke von Wasser und Erde, diese winzigen Lichtflecken, die bei naiven Leuten Schreie der Verzückung auslösen, als sei es nicht die Pflicht des Künstlers, gegen die Zersplitterung des Geistes und der Materie anzukämpfen.

Dennoch geht sie geradewegs auf das Museum zu. Durch die Schiebetüren hindurch. Verlangt eine Eintrittskarte. Das Erdgeschoss ist Paul Signac gewidmet, ein Pointillist, also noch schlimmer als die Impressionisten. Er hat die Häfen Frankreichs anhand von Farbpunkten dargestellt, Myriaden von bunten Flecken, die die Hafenstationen von Menton bis Dunkerque darstellen sollen. Die vor Anker liegenden Segelboote scheinen sich im Laternenlicht in Tropfen aufzulösen, ihre Reling verschwimmt in goldenen Flammen, jeder einzelne Pinselstrich verbreitet den abscheulichen Eindruck von Lebensfreude. Doch sie stellt sich der Herausforderung, geht an den Kais entlang, den Molen, betrachtet die etwa hundert Ansichten, die Paul Signac von den französischen Häfen gemalt hat, jede eine weitere, noch kleinere Variation des vorherigen, bis sie ans Ende der Ausstellung gelangt.

Sie steht vor einer Wand voller Boudins. Küstenszenen, in denen sie kein einziges Detail ausmachen kann, wo der Himmel ins Meer übergeht, die Schiffe in den Wellenkronen verschwinden. Auf der großen weißen Mauer scheinen sich die Bilder milliardenfach zu vervielfältigen. Sie greift nach der Sicherheitsleine und ermahnt sich, Ruhe zu bewahren. Sie wird die Kraft finden, das Ziel erreichen, und tatsächlich, bald schon machen die Seeleute einer anderen Art von Bildern Platz. Denn Eugène Boudin hat auch Kühe gemalt, viele Kühe. Sie laufen allein umher oder auch paarweise, stampfen durch das grüne Gras, grübeln über ihr friedliches Tierleben nach und begutachten die Besucher mit seelenruhigem Blick. Man kann sehr lang vor den Kühen stehenbleiben.

Die Tage verlaufen so, als hätte sie sich schon immer damit begnügt, das Leben einer jungen, anpassungsfähigen Frau zu führen, die kaum Ansprüche hat, was ihre Beschäftigung angeht. Nachdem sie drei Vormittage lang die Angebote einer Zeitarbeitsfirma durchforstet hat, stößt sie endlich auf eine Anzeige, geht durch die Tür und kommt eine halbe Stunde später mit einem Arbeitsvertrag für eine Vertretungsstelle am Großen Seehafen wieder heraus. Ihre Aufgabe besteht darin, von morgens bis abends die Wohnheime der Hafenarbeiter zu putzen, eine Arbeit, bei der nur Pünktlichkeit verlangt ist und der Umgang mit Schwamm und Schrubber.

Die junge Frau bemüht sich, die Asche vom Rand der Gemeinschaftsspüle zu kratzen, sammelt die zwischen den leeren Flaschen verteilten Chipsreste ein, stellt die Flaschen dann in den entsprechenden Sammelkästen ab und wischt quer über die Fliesen, zwischen den Metallspinden, wo die Arbeiter Fotos von nackten Frauen mit gebräunten Körpern angeklebt haben. Sie streift ihre erhitzten Blicke und wandert dann mit den Augen zu den Lippen hinunter, die begierig auf diesen oder jenen oralen Genuss zu warten scheinen. Sie fegt noch einmal durch und geht dann ins Hotel zurück, mit ihrem in Plastikfolie eingewickelten Sandwich, übereinandergeschichtete Dreiecke mit Lyoner Wurst oder Emmentaler.

Sie behält das Zimmer bis zum Monatsende, um sich dann mit ihrem ersten Gehalt ein zweiundzwanzig Quadratmeter großes Zimmer mit Blick auf den Yachthafen zu mieten. Da sie ihre Probezeit in der Putzkolonne für den Großen Seehafen bestanden hat, gibt ihr die Personalchefin der Zeitarbeitsfirma eine anspruchsvollere Stelle. Einen Monat lang wird sie an der Kasse des Super U, des Supermarkts an der Porte Océane, arbeiten: Vergessen Sie nicht, es ist nur auf Probe, aber wenn Sie kein Kleingeld verschwinden lassen, werde ich Sie beim Geschäftsführer empfehlen, bisher waren wir nämlich sehr zufrieden mit Ihnen. Sollte allerdings das geringste Problem auftreten, fangen Sie wieder unten an.

Dreißig Tage lang sieht sie zu, wie die Artikel auf ihrem Magnetband vorbeiziehen, Hähnchen, Würste, Salat, Seife, vakuumdicht verpackter Aufschnitt, sie wartet den Moment ab, bis sie am Anschlag angekommen sind, nimmt die Artikel geschickt auf und hält sie an den Barcode-Leser, um sie anschließend am Rand der Metallpiste abzulegen, wo sie mehr oder weniger sanft nach unten rutschen, je nach Gewicht und Form. Die junge Frau hat Stil, sie hält sich sehr gerade auf ihrem Schemel, und ihr kurzgeschnittenes Haar betont die Eleganz ihrer Haltung. Ohne Umstände gibt sie das Wechselgeld heraus, lächelt den Herren charmant zu und versteht es sehr gut, mürrische Kunden zu besänftigen. Nie verwechselt sie die Artikel eines Kunden mit denen eines anderen, und nicht ein einziges Mal muss sie den Geschäftsführer um Hilfe bitten, damit er die Kasse entriegelt. Sehr bald schon stellen sich die Stammkunden in ihre Schlange. Sehr bald zieht sie auch den Neid der anderen Kassiererinnen auf sich, aber das ist ihr egal, da sich ihre Begegnungen auf die versetzten Pausen beschränken. Mittags nimmt sie ihre Mahlzeit zu sich, während sie beobachtet, wie die Schiffe am Horizont vorbeiziehen, Gastanker, die auf dem Weg zu den Industriehäfen sind, Fähren von Portsmouth und große Kreuzfahrtschiffe, diese beweglichen, bewohnten Kästen, die nahezu unbemerkt in die Stadt einfahren, sich für ein paar Stunden niederlassen und dann, wenn sie sie mit ihrem Blick sucht, unauffindbar sind.

Als sie an einem Mittwochnachmittag gegen 14 Uhr den Vorhafen verlässt, bemerkt sie eine gleißende Schiffswand, deren Gestalt eine flüchtige Erinnerung in ihr weckt. Der Name des Passagierschiffs steht in großen blauen Lettern deutlich lesbar auf dem Bug.

Ein hübscher Name, sagt der Mann links von ihr, der das Spektakel ebenfalls beobachtet, ein Rentner und Schiffsliebhaber, wie man sie allenthalben in den Häfen Frankreichs trifft.

Was bedeutet er, entgegnet die große junge Frau, die sich mit den Ellenbogen auf das Geländer stützt.

Procyon, erläutert der ältere Herr, ist der erste Stern im Sternbild des Kleinen Hundes und einer der drei Scheitelpunkte des Winterdreiecks. Dann sagt er noch Es ist das Zwillingsschiff der *Sirius*, des Schiffs, das vor, ich weiß nicht mehr genau, zwei oder drei Monaten in Marseille in Flammen aufging.

Doch die junge Frau interessiert sich nicht sonderlich für seine weiterführenden Erklärungen. Sie isst ihr Sandwich auf und geht dann in Richtung Stadtzentrum zurück, wo sie wieder ihren Platz einnimmt, mit demselben merkwürdig nichtssagenden Grinsen auf den Lippen.

Der Geschäftsführer des Supermarktes tönt, er habe noch nie zuvor eine derart vorbildliche Angestellte gehabt. Als der Vertrag ausläuft, sagt er Meine Liebe, warum sollten wir uns mit der Zeitarbeitsfirma herumschlagen, schließen wir gleich einen befristeten Vertrag ab. Aber dieses Mal ist sie es, die nicht will. Sie vereinbart einen Termin mit der Chefin der Zeitarbeitsfirma und erklärt Gut, ich habe meine Probezeit in der Putzkolonne absolviert und dann auch die an der Kasse. Ich möchte, dass Sie etwas Spannenderes für mich finden.

Madame Baridou ist nicht ganz wohl bei der Sache, denn die junge Frau hat keinerlei Erfahrung mit der Arbeit im Büro. Doch da sich bei den Tests gezeigt hat, dass sie gut mit der Maus umgehen kann, schickt sie sie für einen Probetag zu einem neuen Kunden, um dessen Rechnungen zu ordnen. Das Ergebnis ist überzeugend, der Auftrag wird verlängert. Die junge Frau tippt schnell und fehlerlos. Doch ihre Sympathiewerte im Büro verhalten sich umgekehrt proportional zu denen, die sie beim Abteilungsleiter genießt.

Nach vierzehn Tagen hat sie genug davon. Madame Baridou von der Zeitarbeitsfirma hat ihr zwar für den Moment nichts anzubieten, allerdings will sie eine solche Spitzenkraft auch nicht entmutigen Schauen wir mal, sagt sie daher, Schauen wir mal, schauen wir mal, hier haben wir nichts, da auch nicht, aber ich werde meinen Mann fragen, neulich Abend hat er etwas erwähnt, ja, vielleicht weiß er etwas Passendes für Sie.

In dem neuen Geschäft passiert das Gleiche wie sonst auch. Am Anfang gibt es allerhand Neues zu entdecken, es macht Spaß, dann entdeckt man immer weniger und langweilt sich immer mehr. Es folgt eine Zeit, in der man sich noch irgendwie mit den Kollegen amüsiert. Man überlegt sich Strategien, wie man den anderen Verkäufern schaden könnte, kommentiert unablässig die Intrigen zwischen der Abteilung für Wasserkocher und der für Fritteusen. Am Freitagabend trinkt man ein Glas oder auch zwei, dann fängt man schon Donnerstag damit an, dann

Mittwoch, dann Dienstag. Man knabbert Erdnüsse zum Diner, hat Augenränder, wenn es am nächsten Morgen heißt, den Dienst anzutreten, aber inzwischen kennt man seine Produkte in- und auswendig, man beherrscht die Vorführung jedes einzelnen Modells und bezieht jeden kleinen Bonus, sobald man es geschafft hat, das unverkäufliche Gerät an den Kunden zu bringen, der zufrieden wieder aus dem Laden geht.

Ein paar Wochen später kommt es dennoch zu einem Zusammenstoß mit dem Abteilungsleiter. Die ewige Wiederholung der austauschbaren Vormittage liefert den Anlass für den Konflikt. Man langweilt sich, daher sucht man Streit, und dafür ist der Leiter der Abteilung gerade recht. Und so vergreift man sich immer öfter im Ton, bis es eines Tages zu einer Handgreiflichkeit kommt und man kurzerhand vor die Tür gesetzt wird.

Die junge Frau geht zum Arbeitsamt. Solange Pingeot, die Beraterin, will sichergehen, dass sie auch alles versucht hat, um rasch wieder eine Beschäftigung zu finden. Das Gespräch nimmt keinen sonderlich guten Verlauf, denn Madame Pingeot kennt Madame Baridou, sie waren zusammen in der Schule, und darüber hinaus kennt sie auch Monsieur Baridou. Daher muss sie sich sehr wundern, dass die junge Frau, die sich so vorbildhaft verhalten hatte, nun derart – dies sind die Worte der Beraterin – ausgerastet und ausgeflippt sei.

Ein Burn-out, es wird ein Burn-out sein, erfindet die große Rothaarige, die ihre Worte nur stockend hervorbringt, um die Arbeitsbeschaffer zu erschrecken.

Madame Pingeot zeigt ein wenig Mitgefühl. Es stimmt, sagt sie, es ist schwer heutzutage, mit all dem Druck, den Fristen und der Kaufkraft, die immer mehr abnimmt. Dann jedoch, als es den Anschein hat, als bringe das Gespräch die junge Frau wieder zum Lächeln, nicht aber dazu, wieder zu arbeiten, schlägt die Beraterin einen härteren Ton an Bei den Vorstellungsgesprächen müssen Sie sich schon Mühe geben, Sie müssen Motivation zeigen, sonst werden Sie aus unseren Listen gestrichen. Doch da diese Taktik auch nicht mehr bringt als die vorherige, meldet sie sie kurzerhand für ein Praktikum mit dem Titel »Strategien zum Wiedereinstieg in die Arbeitswelt« an.

Drei Tage lang muss sie sich in einen feuchten Raum im Untergeschoss des Arbeitsamtes begeben, wo ausrangierte Computer unter flackerndem Neonlicht langsam einstauben. Vor etwa acht mehr oder weniger zerrütteten Gestalten redet sich der Ausbilder mit der Kraft der Verzweiflung die Seele aus dem Leib, während die junge Frau auf einem Block herumkritzelt, den sie Madame Baridou entwendet hat, als diese ihr bei einer Gelegenheit den Rücken zudrehte.

Dann begibt sie sich ins Erdgeschoss zurück, wo Madame Pingeot wissen möchte, für welche Strategie sie sich entschieden habe, um eine Beschäftigung zu finden. Die junge Frau hat keine andere Wahl, als sich zu entziehen. Ihr Blick driftet zum Fenster, das gegenüberliegende Gebäude hinauf bis zum grauen Himmel, von dem aus sie das Meer sehen könnte und den Hafen, wo sie gleich spazieren gehen wird. Sie könnte auch in der Mediathek vorbeischauen und den Film zurückgeben, den sie Anfang der Woche ausgeliehen hat, einen Spielfilm von Éric Rohmer, dessen Titel sie neugierig gemacht hatte. Eine der Schauspielerinnen hatte erstaunliche Ähnlichkeit mit ihr, und der Name der Person, die sie spielte, das eigenartige Zusammenspiel der Silben, hatte sie derart fasziniert, dass sie sich fragte, wie wohl das Leben der Person sein mochte, die so hieß. Ob es sich lohnen würde, ihn anzunehmen. Ja, sie würde gern in jeder Hinsicht die Person werden, die in dem Film von Éric Rohmer von der Schauspielerin Clémentine Amouroux dargestellt wird. Blandine Lenoir. Der Name würde perfekt zu mir passen.

FRANZÖSISCHE LITERATUR BEI WAGENBACH

Albena Dimitrova Wiedersehen in Paris *Roman*

Alba ist viel zu jung für Guéo, der außerdem verheiratet ist und für die Regierung arbeitet. In den letzten Jahren des Kommunismus beginnt in der bulgarischen Hauptstadt Sofia und am Schwarzen Meer eine gefährliche, leidenschaftliche Liebesgeschichte.

Aus dem Französischen von Nicola Denis
Quart*buch*. Gebunden mit Schutzumschlag. 192 Seiten. Auch als E-Book erhältlich

Tanguy Viel Das Verschwinden des Jim Sullivan *Ein amerikanischer Roman*

Das Leben war schon mal netter zu Dwayne Koster, und so besieht er sich die Welt nun vorzugsweise von seinem Wagen aus und hört dabei Musik von Jim Sullivan. Das neue Buch von Tanguy Viel ist ein Roman hinter dem Roman. Eine hochkomische, sehr unterhaltsame Parodie ebenso wie eine Hommage an den amerikanischen Roman.

Aus dem Französischen von Hinrich Schmidt-Henkel
Quart*buch*. Gebunden mit Schutzumschlag. 128 Seiten. Auch als E-Book erhältlich

Tanguy Viel Paris – Brest *Roman*

Nicht immer sind Familien Orte der Geborgenheit und Liebe … Der neue Roman von Tanguy Viel handelt von einer bretonischen Sippe, in der keiner keinem traut. Und zwar aus gutem Grund. Ein meisterhafter, burlesker Familienkrimi.

Aus dem Französischen von Hinrich Schmidt-Henkel
Quart*buch*. Gebunden mit Schutzumschlag. 144 Seiten. Auch als E-Book erhältlich

Tanguy Viel Unverdächtig *Roman*

Tanguy Viel erzählt virtuos von einer bodenlosen Gemeinheit. Er hypnotisiert seine Leser und legt sie dabei in aller Ruhe aufs Kreuz. Ein neues Talent aus Frankreich!

Aus dem Französischen von Hinrich Schmidt-Henkel
Quart*buch*. Gebunden mit Schutzumschlag. 128 Seiten. Auch als E-Book erhältlich

FRANZÖSISCHE LITERATUR BEI WAGENBACH

Arthur Larrue Wojna *Roman*

In diesem sprühenden Roman zeigt Arthur Larrue mit viel Komik ein ernstes Bild des heutigen Russlands, in dem sich mutige Künstler gegen die rigide Staatsmacht auflehnen.

Aus dem Französischen von Max Stadler
Quart*buch*. Broschur. 112 Seiten. Auch als E-Book erhältlich

Saphia Azzeddine Mein Vater ist Putzfrau

Roman

Was tut ein vierzehnjähriger Pariser Vorstadtjunge aus prekären Verhältnissen abends in der Bibliothek? Er hilft seinem Vater, der den Lebensunterhalt der Familie als Putzkraft verdient, und wischt Staub von den Büchern. Hin und wieder schlägt er eines auf, lernt neue Wörter und lacht sich kaputt.

Aus dem Französischen von Birgit Leib
Quart*buch*. Broschur. 128 Seiten. Auch als E-Book erhältlich

Saphia Azzeddine Zorngebete *Roman*

Der Alltag ist schmutzig und elend, das Glück schmeckt nach Granatapfeljoghurt, und Jbara spricht mit Allah: wütend und demütig, klagend und dankbar, poetisch und vulgär – für den Fall, dass er doch nicht alles sieht und nicht versteht, warum sie so weit gehen konnte …

Aus dem Französischen von Sabine Heymann
Quart*buch*. Gebunden mit Schutzumschlag. 128 Seiten. Auch als E-Book erhältlich

Judith Perrignon Kümmernisse

Ein intensiver Debütroman, der buchstäblich von der Suche nach Vater und Mutter handelt, von Erinnerungen und der Möglichkeit einer einzigen großen Liebe.

Aus dem Französischen von Karin Uttendörfer
Quart*buch*. Gebunden mit Schutzumschlag. 192 Seiten. Auch als E-Book erhältlich

FRANZÖSISCHE LITERATUR BEI WAGENBACH

Ryad Assani-Razaki Iman *Roman*

Ein hochaktueller, aufwühlender Roman über das Leben dreier Straßenkinder in Afrika. Ein Buch über Freundschaft und Liebe, Hass und Verrat. Assani-Razaki zeigt unvergesslich, was Menschen dazu bewegen kann, alles hinter sich zu lassen und ihr Leben einem Boot zu überantworten, mit Kurs auf Europa.

Aus dem Französischen von Sonja Finck
WAT 750. 320 Seiten. Auch als E-Book erhältlich

Jean Hatzfeld Plötzlich umgab uns Stille

Das Leben des Englebert Munyambonwa

Während des Genozids in Ruanda entkam Englebert einem der schlimmsten Massaker. 20 Jahre später erzählt er vom Überleben und vom Leben danach. Ein erschütternder Appell gegen das Vergessen von einem, der sich nicht erinnern will.

Aus dem Französischen von Ahlrich Meyer
WAT 751. 112 Seiten

Julia Deck Viviane Élisabeth Fauville *Roman*

Ein Mord ist geschehen. Viviane Élisabeth Fauville sieht sich selbst, wie von fremder Hand geführt, durch Paris irren. Die Hinweise verdichten sich, es scheint nur eine Frage der Zeit. Dieser flirrende Roman zeigt eindrucksvoll, wie weit eine Frau zu gehen bereit ist, die alles verloren glaubt.

Aus dem Französischen von Anne Weber
WAT 753. 144 Seiten. Auch als E-Book erhältlich

Wenn Sie mehr über den Verlag und seine Bücher wissen möchten, schreiben Sie uns eine Postkarte (mit Anschrift und ggf. E-Mail). Wir verschicken immer im Herbst die Zwiebel, unseren Westentaschenalmanach mit Gesamtverzeichnis, Lesetexten aus den neuen Büchern und Photos. Kostenlos!

Verlag Klaus Wagenbach Emser Straße 40/41 10719 Berlin
www.wagenbach.de

Die französische Originalausgabe erschien 2014 unter dem Titel *Le triangle d'hiver* bei Les Éditions de Minuit in Paris.

Dieses Buch erscheint im Rahmen des Förderprogramms des französischen Außenministeriums, vertreten durch die Kulturabteilung der Französischen Botschaft in Berlin.

Liberté • Égalité • Fraternité
RÉPUBLIQUE FRANÇAISE

AMBASSADE DE FRANCE
EN
REPUBLIQUE FEDERALE
D'ALLEMAGNE

BUREAU DU LIVRE

Umschlaggestaltung Julie August unter Verwendung der Fotografie *Frau, die auf einem Wellenbrecher balanciert* © Corbis. Gesetzt aus der Baskerville. Einbandmaterial von peyer graphic, Leonberg und Vorsatzpapier von G'Schabert, Strullendorf. Gedruckt auf chlor- und säurefreiem Papier von Schleipen und gebunden bei Pustet, Regensburg. Printed in Germany.

ISBN: 978 3 8031 3276 5
Auch als E-Book erhältlich.